看得见的 东北

李青松 著

广西师范大学出版社
·桂林·

看得见的东北
KANDEJIAN DE DONGBEI

图书在版编目(CIP)数据

看得见的东北 / 李青松著. -- 桂林 : 广西师范大学出版社, 2025.1. -- ISBN 978-7-5598-7353-8

Ⅰ.I267

中国国家版本馆CIP数据核字第202451T6C1号

广西师范大学出版社出版发行

(广西桂林市五里店路9号　邮政编码：541004)
(网址：http://www.bbtpress.com)

出版人：黄轩庄
全国新华书店经销
广西广大印务有限责任公司印刷
(桂林市临桂区秧塘工业园西城大道北侧广西师范大学出版社集团有限公司创意产业园内　邮政编码：541199)
开本：880 mm × 1 240 mm　1/32
印张：9.125　　　字数：170千
2025年1月第1版　　2025年1月第1次印刷
定价：59.00元

如发现印装质量问题，影响阅读，请与出版社发行部门联系调换。

告别伐木时代之后,
东北及东北林区,
正是凭借坚韧与美的力量,
灵魂得以存活,
并且生生不息。

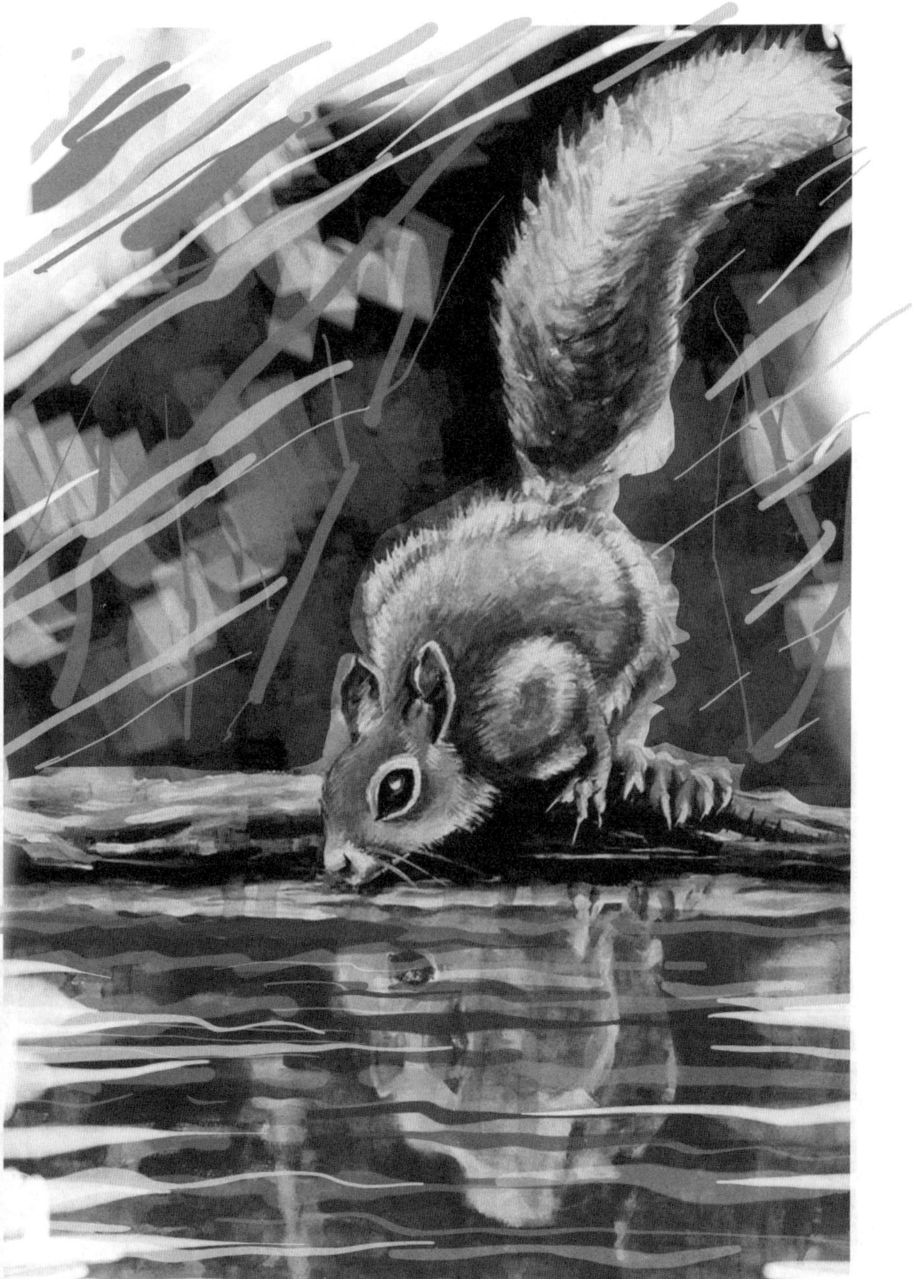

目 录

001 / 第1章
老号森铁

023 / 第2章
哈拉哈河

057 / 第3章
鳇鱼圈

081 / 第4章
大马哈鱼

103 / 第5章
且说阿尔山

115 / 第6章
林老大话当年

123 / 第7章
告别棚户区

135 / 第8章
林区语言

147 / 第9章
白酒一碗舒筋血

155 / 第10章
伐木工具

163 / 第11章
黑熊：蹲仓叫仓揣仓

169 / 第12章
贡 貂

191 / 第13章
　　　红松之美

201 / 第14章
　　　野性与豪横

205 / 第15章
　　　想起了郭小川

211 / 第16章
　　　大兴安岭笔记

229 / 第17章
　　　睁一只眼闭一只眼

247 / 第18章
　　　网　事

257 / 第19章
　　　得耳布尔

277 / 后　记

第 1 章

老号森铁

一

冬天,意味着寒冷和冰雪。

呜——森林的宁静被一声巨吼撞开了个大窟窿。疲惫的森林小火车吭哧吭哧喘着粗气,然后,吱的一声喷出一口白雾,停在了林区某个小站。白雾飘舞,徐徐不散,或挂在行人的睫毛上,或挂在冻僵的树梢上,或挂在七扭八歪的木障子上,那场面很是有些喧嚣和野性。

曲波的《林海雪原》中有一句话:"火车一响,黄金万两。"在"大木头时代",林区人是多么牛气和豪迈啊!森林小火车运木头,一节车皮只能载三两根。那家伙,大呀,多了装不下呀!一根木头有多粗呢?光是树皮就有砖头那么厚啊!可以毫不夸张地说,早年间,林区吃的喝的用的都是小火车运木头从山外换回来的。的确，当年林区的辉煌和荣耀是与森铁紧紧联系在一起的。

然而，此一时彼一时，今天东北林区实行大禁伐，对森林来说无疑是个福音，但对森铁而言，却是个致命的打击。斧锯入库，森林休养生息了，森铁运什么？林区人吃什么、喝什么？

传统意义上的林区已经很难找到了，与世隔绝、封闭的林区只是影视剧和小说里的事情了，到处是堆积如山的大木头的林区已经不见踪影。林区特有的那种遥遥路途也已不复存在。如今，林区已大致成了静态的地方，它在地理上已经定域，今非昔比。

告别伐木时代之后，林区的困惑和尴尬，只有林区人自己知道。有的林区干脆把利用率低的森铁铁轨拆了，铁轨当废铁能卖几个钱算几个钱吧，总比在那里闲置着风吹雨淋地熬日月，生锈烂掉变成废品强。

然而，事情并不那么简单，森铁的问题并非一拆了之。

在黑龙江林区桦南林业局，我走访了森铁司机任景山。他开的是一辆老式外燃蒸汽机车，车号是"森055"，需两个司炉不停地往炉内填煤，蒸汽产生动力，机车才能行驶。开小火车是个很脏的活儿，任景山满脸都是油渍和煤灰，只有张口说话时的牙齿是白的。任景山干这个行当十余年了,对小火车怀有深厚的感情。他说,这家伙看起来很笨,但力气大,装上一座山也能拉走。他说,开小火车不需要太多的技术,最重要的是瞭望,对路况的把握要准,哪里该加速,哪里该减速,哪里要拉笛,一打眼便知道才行。

任景山微微叹一口气,说,早先森铁两边的树还很密,那时一年四季都在这条线路上跑,现在只有冬季里的两个月出出车,运运煤,干着不过瘾。我问他,没想干点别的吗?他说,干别的活儿,一下又很难适应。咱这森铁工人,若是离了森铁还真难活呢。说到这里时,他的眼睛有些潮。

我赶紧把话题岔开,说,咱们照张相吧。于是就喊当地的朋友傅刚为我们照相。咔嚓咔嚓,照了十几张,背景就是"森055"号蒸汽机车。

这些照片,记录的也许是中国最后的森铁了。

二

清朝初年,清廷视满洲为其发祥地,实行封禁制度,即禁止采伐森林、禁止农牧、禁止渔猎、禁止采矿,通称"四禁"。因而,东北林区基本没有开发。直到十九世纪下半叶,清廷设木植公司,山林的寂静才被打破。黑龙江东部，山脉纵横，林木茂密，其中最富之处，则为大青山，青翠弥望。光绪时订税章，由征收局代收，作为国家正款，其办法是由"木把头"领票入山采伐，木厂运销按照卖价而征其税。出于税源的考虑，清廷开始划分林区，组织木植公司进行采伐。

大雪封山之后，木植公司通过木把头雇用伐木工人，用大斧砍伐，用牛、马拉爬犁和河水流送的方式运输木材。光绪年间，清政府派员外郎魏震赴长白山考察林业。魏震在日记中写道："木税为奉省入款第一大宗。"魏震是个心细的官员，他在考察时把伐木工人怎么伐木，怎么运输，政府在哪里征税都搞清楚了。他写道：木把头每于冬初贷款携粮入山砍木，山雪封冻后道路溜滑如镜，木材由牛马自山巅拉运而下，堆存山沟。四月间，雪消水涨，奔流自山沟而下。乃穿成木排，编成字号运之入江，直达安东县大东沟，俗称南海。南北木商在此定购，奉局在此征税。魏震在日记中对临江还特意多写了几笔：据云，临江自二道沟以上至二十二道沟，均在长白山之阳。山沟深处，丛林茂密，虽砍伐数十年不能尽，每年木把头约三万人。可见，当时的采伐规模之大，人数之众。

然而，无论怎样，这都是中国自己的事情。至一九〇三年，中东铁路的修筑完毕，掀开了沙俄掠夺中国森林资源的历史——此可视为中国森林史上惨痛的一页。

一八九八年八月，中东铁路正式开始动工，以哈尔滨为中心，分东、西、南部三线，由多处同时相向施工。北部干线（满洲里至绥芬河）和南部支线（宽城子至旅顺），全长约两千五百公里，干支线相连，呈"T"字形，分布在中国东北的广大地区。中东铁路修到哪里，哪里的森林就遭到毁灭性的破坏。著名林学家陈嵘痛心地写道："沿铁路两侧五十里内之森林，均已斫伐净尽。"

一个强盗尚未歇手，另一个强盗又抡起斧头。

一九〇四年"日俄战争"爆发。这场在中国国土上进行的两个列强间的战争，争夺的"肥肉"竟然是长白山鸭绿江流域的森林资源。沙俄战败后，日本无视中国主权，控制了这一地区的森林采伐权，强行没收了中国木商存放于大东沟的原木，蛮横掠夺了鸭绿江上的一切漂流木。

在强盗的眼里，中国东北的森林，可谓"遥望其状，苍苍郁郁，若黑云横天，际数十里，不见涯溪，近入林中，数千里古木老树，若巨蛇横溪，白日犹暗，虎狼跳梁，麋鹿腾跼，菁丛深邃，幽溪潺潺，疑在太古之世"。

一九〇八年，日本在安东（丹东）成立鸭绿江采木公司，进行更大规模的森林采伐。所采木材，除了在鸭绿江水上流送，还在临江十三道沟铺设森林铁轨，用森林小火车运输。

呜呜——呜呜呜——

从此，东北林区就有了森林小火车喷云吐雾的身影。

一九三一年，日寇侵占东北后，开始以"拔大毛"的方式盗伐红松、鱼鳞松、落叶松、水曲柳、黄菠萝、蒙古栎等珍贵木材。无数良材被森林小火车运出山外，再从安东用轮船运往日本本土或沉于日本海域，等用时捞出。

日寇侵华期间，总共从中国东北掠夺了多少木材，现在无任何资料可供查阅了，但有一个事实或许能说明一些问题——日本投降后，东北林区的森林小火车光是运输日寇遗留下来的"困山材"（伐倒来不及运走的木材），就整整运了两年。

森林，疲惫不堪；森林，伤痕累累。

三

早年间，森铁牵引机车一般是自重二十八吨的蒸汽机车，最高时速达三十五公里，常速二十五公里。所谓蒸汽机车，就是以原煤做燃料，以炉火烧开的蒸汽做动力的机车。

机车内一般有正副司机各一人，司炉两人。司机叫

"大车"，副司机叫"大副"，司炉叫"小烧"。一年四季，大车、大副和小烧都穿着油渍麻花且乌黑发亮的衣服，俗称"油包"。这些油包大多数是苏联红军留下的，用的饭盒和水壶则都是日军留下的东西。

林区生活并非传说中的顿顿都是大块肉大碗酒。同伐木人一样，森铁人吃的是高粱米和窝窝头，菜呢，多半是咸菜疙瘩和盐豆。如果猎到一头野猪，吃顿红烧野猪肉，就算解馋了。当然，森铁人是喜欢喝白酒的。白酒一碗舒筋血嘛。在东北林区，白酒属于劳保用品。某森铁司机出车回来，在一家小酒馆喝了不少酒，半夜回家，却找不到自家院门了，便跳木障子进院，不承想，腰间皮带被木障子挂住了。醉意袭来，那老兄便挂在木障子上呼呼睡去。次日凌晨醒来睁眼一看，自己被小咬和蚊子叮得周身都是红眼包，木障子底下却醉死一层小咬和蚊子。早年间，森铁时常发生事故，事故原因多与司机饮酒误事不能及时瞭望有关。

往台车上装木头是个力气活，对人的体力的消耗非常大。任景山告诉我，往小火车上装木材用的是卡钩。八八的，六六的，那时的木头又粗又大，现在没有了。八八的就是左边八个人、右边八个人才能抬起来的木头。现在的木头有的一个人扛起来就能走。那会儿的木头都是上等的水曲柳和红松，大部分都是军需用材，做枪托、炮弹箱、枕木和坑木什么的。

那时候，森铁通信设施也很落后，每个车站值班室只有一台老式手摇电话。这台电话通到森铁的调度室。在运行过程中，小火车上的司机与车站的联络方式非常原始。车辆进站时，值班人员手里举着一个直径八十厘米左右的铁圈，铁圈上挂有一个很小的皮包，值班人员把调度传来的指令写在纸条上装到皮包里。纸条上的内容，诸如，在哪里停，在哪里会车，某某岔路往左还是往右，哪一站要加挂"摩斯嘎"，等等。大副站在右车门的踏板上，左手抓着扶手，右臂前伸，呼啸间，小火车通过时，铁圈已经套在他的右臂上了。

那个年代，能在森林小火车上工作是很风光的事情。因为森铁人毕竟是挣工资的，还有劳保待遇。地方上的人都愿意跟森铁人攀亲戚，姑娘找对象也愿意找森铁人。

新中国成立之初，东北林区上缴国家的利税曾名列全国前三名。东北林区的木材生产是新中国的第一大产业。从抗美援朝，到国民经济恢复、第一个五年计划的实施，几乎都是由大木头支撑起来的。那个时期的"林老大"可不得了，打个喷嚏全社会都得当回事。林业工人马永顺十四次进京受到毛泽东主席等国家领导人的接见，周恩来总理还亲切地称他为小马。作为第一代伐木工人，马永顺曾创造了全国林区手工伐木产量最高纪录。

在当伐木工人的三十四年里，共砍伐林木约三万六千棵。在当时那是何等的荣耀啊！

一九五九年，"国庆十大工程"（人民大会堂、中国革命历史博物馆、中国人民革命军事博物馆、钓鱼台国宾馆、全国农业展览馆、北京火车站、民族饭店、华侨大厦、北京工人体育场、民族文化宫）相继竣工落成。全国人民欢欣鼓舞，奔走相告。著名建筑设计师张开济回忆说，人民大会堂的柱子是圆的，历史博物馆的柱子是方的，所用木料多是从东北林区调运来的。

一九七六年七月，唐山发生强烈地震。中央向小兴安岭的伊春林区下达了紧急调拨救灾木材的任务，不到一个月的时间，从伊春林区发往地震灾区的木材就有六十二车皮，计十万立方米。同年，建设毛主席纪念堂所需的木材也是从伊春林区调运的。光是红松和水曲柳就有三万立方米。据不完全统计，从新中国成立至一九九八年，国家从伊春林区调运出的木材达两亿两千万立方米。有人说，如果这些木材用在一个建筑工程上，可以架一座长到望不到头的桥。

这个数字，堆起来就是一座山，放倒了就是一片海。

呜呜！呜呜呜！

吃苦耐劳的森林小火车，每日吭哧吭哧地跑着，不停地把采伐下来的木材运出山外，为国家的建设立下了汗马功劳。

与乘务组人员相比，地面上的巡道工也许是单调寂寞的。或许，世界上最孤独的工种，就是森铁的巡道工了。肩扛一把铁锤，斜背一个工具袋，不论是严寒酷暑，还是风雪弥漫等恶劣天气，他们都坚持巡道。孤独的身影在两根铁轨之间，默默走着，时而抡起铁锤，敲几下松动的铁钉。没有人和他们说话，也没有人与他们为伴。

森铁是窄轨铁路，比一般铁路的铁轨窄许多。铁轨宽七百六十二毫米，每根铁轨长十米，每公里有两百根铁轨，每米有三根枕木。巡道工寂寞时，就数枕木、一、二、三、四、五、六、七……数着数着，突然有一只狍子横穿铁路而过，一闪，就消失在森林里了。数到哪儿啦？乱了，自己也不知道数到哪里了，便哈哈一乐，重新数。一、二、三、四、五、六、七……数着数着，日头就压树梢了，接着，啪嗒一声就坠到林子里了。

森林里便一片火红了。很快，又漆黑一片了。

渐渐地，巡道工的身影也被黑暗吞噬了。

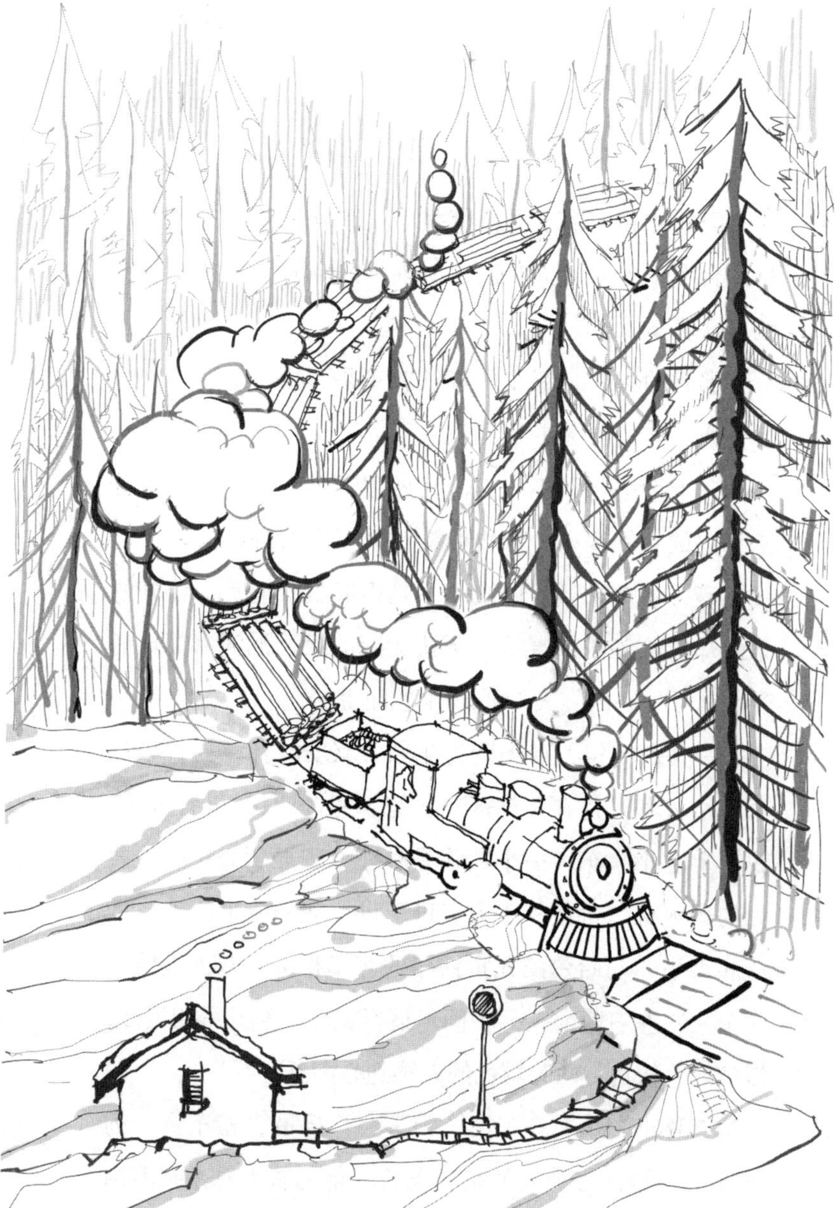

四

因功能和用途不同，森林小火车分几种，有运输木材的台车，有森铁人员出工时乘坐的摩斯嘎，还有绿皮的森铁客车。

那时的林区，绿皮的森铁客车是连接山里山外的主要交通工具。

二十世纪八十年代末，我做记者时去林区采访，常坐绿皮的森铁客车。绿皮的森铁客车没有卧铺，一律是硬板座，坐起来颠颠簸簸，不是很舒服。但是，窗外的景致却极美。浓郁凝重、无边无际的绿，汹涌澎湃地涌过来，呼地一闪，又汹涌澎湃地涌过去了。

一九六一年，叶圣陶先生来大兴安岭林区，曾坐过森林小火车。他在《林区二日记》里写道："早餐过后，我们上了小火车……小铁路是林业管理局所修……主要为的运木材，也便利工人上班下班。我们所乘的车，构造和大小，与哈尔滨儿童铁路的客车相仿，双人板椅坐两个人，左右四个人，中间走道挺宽舒。车开得相当慢，慢却好，使贪着两旁景色的人感到心满意足。"

森林小火车上有车长、乘警、广播员、检车员、列车员。当然，最神气的是列车长。他的腋下总是夹着两面旗，一红一绿。他一挥绿旗，车就开了；他一挥红旗，车就停了。有时，车长将一个帆布袋子交给车站上的人，那是邮袋。里面装着山外寄来的报纸杂志、信件、包裹。林场的人，一听见小火车的吼声，就往车站跑，看看有没有自己盼望的亲人的来信。

当然，列车员都是漂亮的女生，眼睛忽闪忽闪的，脸白白的，手绵绵的。从身边走过，扑鼻的雪花膏香味，真好闻呀。

张淑杰，四十年前的森铁广播员，现已退休在家，居伊春双丰林区。她与我的朋友傅刚是小学同学，我知悉她有过一段森铁经历后，特意找到她进行了采访。那天张淑杰穿一件青花旗袍，笑声朗朗，风采不减当年。当我同她谈起森铁，谈起当年的事情，她的眼神里闪烁着兴奋的光芒。

我："当年做森铁广播员一定很风光吧？"

张淑杰："嗯，当时年龄小，也就十六七岁吧，原来是林业局文艺宣传队的骨干，当报幕员。后来被森铁站选调到客运小火车上当了广播员。"

我："小火车是蒸汽机车还是内燃机车？"

张淑杰："就是烧煤的那种蒸汽机车。车厢有三四节，有时后面挂几个大闷罐车，装好多货物的那种车厢。"

我："嗯，跑哪段线路呀？"

张淑杰："始发站是双丰（以前叫田升），一、三、五跑爱林林场，二、四、六跑保林河林场。运行区间的车站有小站、十七公里、横太、三十一（也叫农场）、茂林、卫林、五十二、燕安、拉林、青林、曙光、爱林、保林河。保林河是最远的站了。其实，站名都是林场的名字。乘客都是林区人或来林区探亲的人。林区人都很朴实，一到站点，就像赶集似的，全是人。"

我："广播有稿吗？还是即兴广播？你都广播什么呀？"

张淑杰："有个简单的广播稿。主要是报站名，还有提醒旅客注意的事项。比如，'各位旅客请注意：列车马上要发车啦！请大家在自己的座位上坐好！不要把头和手伸出车窗外！注意安全！'一到春天的防火期，就一遍一遍地广播防火的内容。比如，'旅客们，林区大事，防火第一！上山不带火，野外不吸烟！'"

我："嗯，你的声音真有特点，难怪被选中当广播员。"

张淑杰："森铁客车的票价算很便宜了，即便如此，那个年代块八毛钱能买好多东西的，所以逃票是司空见惯的现象。男人逃票我认为可耻没志气，女人逃票就可怜了。车长查票时，我就把我认为最可怜的逃票的女人，塞进我的小广播室藏起来。有时候，里边藏四五个人，大气不敢出，唯恐被车长发现。"

我："你是同情弱者啊！"

张淑杰："后来她们都成了我的好朋友。经常给我捎来一些山货，像臭李子，吃起来甜甜的，能把嘴唇染得黑黑的。还有松子、干蘑菇、木耳什么的。"

我："森林小火车停运后，你有什么感受？"

张淑杰沉默了一会儿，说："就像一个健康的人，一觉醒来，却突然发现自己没了双腿！"

——她的眼睛里噙着泪花。

五

终于来到长白山林区桦树小镇。要了解森铁的历史和现状，不能不到桦树小镇。这里创造过森铁的辉煌，这里曾留下一代森铁人抹不掉的记忆。

桦树小镇，实际上是临江林业局所属的一个林场的所在地，此地因森林里白桦树居多而得名。白桦，本身就是富有诗意的树种，具有浪漫的气息，能带给人无限的遐想。普希金常在自己的诗中，写到高洁、挺拔的白桦树。早年间，桦树是临江森铁处所在地，房子以"木刻楞"和"泥拉哈"为主。那会儿的桦树林子还很密，在林子里光听到喊声，人就是转不出来。林子里有黑瞎子和狼。晚上人躺在木刻楞、泥拉哈里睡觉，经常听到林子里的狼嚎，黑瞎子也常来扒门，一闹腾就是半宿。当时的森铁处直属辽东省林务局，管辖着临江境内二道沟、五道沟、三岔子、大羊岔四条森铁线路。首任森铁处主任叫陈光庭。

后来，随着居民的不断增多，森铁处有了商店，有了医院，有了托儿所，有了学校，有了森铁工人俱乐部，也有了森铁招待所。到二十世纪七十年代，桦树森铁处改造了森铁工人俱乐部，盖起两层小楼。俱乐部里可以开大会，有一千多个座位呢，蛮排场的。

森铁线路以桦树小镇为中心向山里各个林场延伸。二道沟、五道沟、大沙河、桦皮河、秃尾巴河、漫江、高丽河、黑河口、小营子、向阳、金山、酒厂、烟筒砬子等等，都有了森铁线。沿线有二十四个车站，森铁处职工由最初的二百余人，增加到二千余人。至一九九〇年，临江林区共计已有森铁线路九百五十七公里，形成了主线、支线、侧线、岔线全线贯通的森铁网络。在那个年代，这可能是世界上最长的较为完备的森铁线路了。

那时，森铁的枕木都是木制枕木，虽然经过油浸处理，但腐烂情况还是很严重，每年光是更换的枕木就达十三万根。有记载称，从一九四九年至一九九〇年的四十一年间，临江森铁共运输木材一千七百多万立方米，客运量达到十万人次。

桦树小镇街道两边的屋檐下，长着黑漆流光的冰溜子。酒幌子悬在半空随风摇曳，空气里弥漫着腥臭的酒味。一入冬，操着各种口音的全国各地的木材采购人员或木商云集桦树小镇，洽谈生意。饭店、小酒馆、烤串屋的生意火爆。"五魁首啊！""三星兆啊！""六六顺啊！"呜嗷乱叫的猜拳声此起彼伏。常有邋遢的狗，在街边角落啃食醉酒人产生的秽物。

桦树小镇，一度是长白山林区一处繁华的所在，被誉为"林区小莫斯科"。

我到桦树小镇的那天，天空中下着绵绵秋雨，当地的朋友送上一把伞，被我拒绝了。我说："这可能是二〇一六年的最后一场秋雨了。淋淋秋雨好，这样可以清醒。"我们来到森铁处的老站台，看东看西，看得十分仔细。尽管到处锈迹斑斑，破烂不堪，湿湿漉漉；尽管一片残局，光荣消歇，荒草连天。

窄轨铁路上，几节台车静静地淋着雨。我看完火车头看守车，心情复杂，无以言表。双手抚摸着守车车尾湿凉的门把手，分明感觉到了岁月的无情。

台车上装着两根粗大的原木，雨中的树皮泛着幽幽的光。我敢说，如今，在东北森林里再也见不到这样粗大的树了。恐怕，这样的画面已经成为绝版了。可到了近前，我隐隐感觉有点问题。"这是木头吗？"我问。当地朋友笑了，说："水泥制作的仿品，假的。"我无言，心，立时悲凉了。

森林小火车，已经退出了历史舞台。当年的森林小火车定格在林区人的记忆中，现在能看到的它的身影，要么只剩下一堆废铁残骸被遗弃在角落里，被荒草藤蒿覆盖；要么孤独尴尬地被陈列在广场或者公园里，供好奇的游客或孩子们照相、攀爬、观赏。

林区人已经渐渐习惯森铁淡出了视野的生活。日常的话题中也很少提及森铁了。

今天，桦树小镇给人一种简约散漫的印象，镇上的人把日子过成了诗。一个在门口晒太阳的老伯跟我说："我只管开心地活着，其他的命运自有安排。"我在小镇上漫步，远处是若隐若现的长白山，秋风已经潜入桦树林，无边的红叶随风晃动，纷纷扬扬，满地都是来不及拾起的故事。

唉，昔日森铁的故事也不能拾起了吗？

六

兴隆也许是个特例。据说，兴隆的森铁不仅没拆，而且还要发展。兴隆在林业发展的鼎盛时期拥有森铁线路五百余公里。

若干年前，我专门来到兴隆探访了森铁。

这条窄轨铁路，环绕小兴安岭南麓，横跨巴彦、木兰、通河三县，途经二十四个站点，九个林场所，七十二个村屯，不仅在林区经济发展建设中具有举足轻重的作用，而且是巴、木、通三县城乡沟通的重要交通工具。森铁是兴隆林业经济发展的命脉。在二十世纪七十年代乃至九十年代初期，仅商品材运输每年就达三十万立方米，自一九五三年以来，兴隆森铁已累计运输优质木材两千余万立方米。然而，无论怎样，随着林区大禁伐的一声令下，森铁无材可运正在成为不争的事实。

兴隆林业局有见识的人并未消极，而是以变应变，很早便提出了利用森铁开发兴隆森林旅游的构想。我问："森铁干线两边的景观如何？"

"你看看就知道了。"说着，那位局长掏出手机，电话打到森铁处，哇啦哇啦说了半天。末了，转过身来对我说："我安排了一辆森铁专列，明天请你到深山老林里转转，我们这里到底有没有旅游开发价值，你看看就知道了。"

次日早晨七点半，我们登上了森铁专列。从兴隆出发到二合营林场，专列整整运行了四个小时，沿途景观颇具北方林区特色，风光着实迷人。而对我来说，乘坐森林小火车进山采访，本身就是件极具诗意的事情。

兴隆森铁线路两边的旅游资源十分丰富，如尚未开发的原始林群落，穿冰冬钓的香磨山水库，东北虎出没的八碴子，终年积雪的小兴安岭最高山峰平顶山……一处处风景既是相对独立的，又因森铁线路而有机地连在了一起。

可惜，后来我听说，由于种种原因，兴隆的森铁旅游终究没有搞起来。如今，仅剩下兴隆林业局至东兴站一段的森铁还在运营，每天对发两班车。我闻之，久久沉默。

吉林的朋友尹善普知悉我在关注老号森铁的事情，便建议我来长白山林区看看。在长白山林区，我遇到的临江林业局局长陈志倒是信心满满。长期在林区工作的陈志，对森铁怀着深厚的感情。他告诉我，风景是一种边际信息，而旅游则是寻找边际信息的过程，森铁则恰恰保留了这种边际信息，大口大口喷着蒸汽白雾的森林小火车就是这种边际信息的载体。他说，临江林业局将要恢复一段五公里的森铁线路，开展森林旅游。

在临江北山公园，我看到一辆破旧的老式蒸汽机车上，有几个工人正在上面涂漆。相信，用不了多久，它就会喷云吐雾地重新运行了。

在日益商业化的今天，即将消失的东西往往会更有价值。人的情绪是不能流通的，但它可以弥漫，引起共鸣。对今天的青年和中年人来说，"旧"恰恰是"新"，是未曾经历过、感受过的全新的人生情感和视觉形象。

怀旧是一种情绪。时代的变化越大，怀旧的情感也愈快捷愈浓烈。据说，上海人正对三十年代充满追思之情。那时的上海外滩各国银行林立，建筑风格多样奇异，构成了它独特的风景，如今随着政治机构的全部撤出，外滩又回复它原有的风貌。这是历史在更高层面上的回归和再现，它鼓荡起人们对旧日时光的重新认识和缅怀。

在东北林区，喷着蒸汽白雾，吭哧吭哧喘着粗气的森林小火车日趋稀少了。实际上，这正昭示着辉煌的伐木时代的终结，代之的是一个全新的资源培育时代的开始。

林区的城镇均是在开发者的脚步声和伐木工人的号子声中诞生的，并随着森林小火车铁轨的不断延伸而发展起来。横道河子、兴隆、铁力、朗乡、双丰、桦南、绥棱、柴河、二道白河、大石头、临江、桦树、闹枝子……这些早先只有猎人和皮货商们才知晓的名字，谁能说它们现在不是以城镇的意义而存在呢？有人说这些城镇都是用森林小火车拉来的。仔细想想，也不无道理呢。

我相信，那些关于森铁的记忆，将成为林区人生命中最温暖最能津津乐道的部分。

我离开长白山林区的那天早晨,天空飘下这个冬天的头一场雪,纷纷扬扬。空气中弥漫着雪野的鲜味,走在积雪覆盖的森铁轨道上,深一脚,浅一脚,咯吱咯吱的响声,富有韵感。

想起一首诗:

每一场雪
都覆盖了过去
失去希望的人
可以获得启示
和重新生活的勇气
每一场雪
铺展开的都是未来

未来在哪里?未来不在远方,而在脚下,因为脚下即是走向未来的起点。是的,林区人追寻快乐和幸福的脚步从未停歇。

此刻,在森林的上空,在我的耳畔,仿佛回荡着小火车的汽笛声。由远及近,又由近及远了。

呜呜!呜呜呜!

第 2 章

哈拉哈河

向西向西向西。偏北偏北偏北。

拐拐拐。向北向北向北。偏西偏西偏西。

——哈拉哈河。

初始右岸石壁如屏，石片棱棱怒起，一路崖壁参差，水倾下处平阔，其势散缓，汩汩滔滔，流霞映彩。至急流处，水流汹涌，浪如喷雪。用徐霞客的话说，观之，耳目为之狂喜。遗憾的是，徐霞客没来过这里，徐霞客说的是别处的河。

别处的河不同于此处的河。哈拉哈河的源头在大兴安岭蛤蟆沟林场的摩天岭，它一路奔流，汇集了苏呼河和古尔班河等支流，全长蜿蜒三百九十九公里。说长不长，说短不短。

哈拉哈，不是哈哈哈。哈拉哈——蒙古语，屏障之意。哈拉哈河的河水坚韧、寡言、无畏，能清除一切阻塞它的东西，即便是岩石，即便是倒木，即便是泥沙。在阿尔山林区，哈拉哈河有两条，地上一条，地下一条。地上的是我们能够看见的，清澈平缓，鱼翔浅底。地下的，是我们看不见却能感觉到的，神秘莫测，沉默不语。它布局巧妙，层次分明。那些蓄水的湖泊，比如达尔滨湖、杜鹃湖、仙鹤湖、鹿鸣湖、天池、乌苏浪子湖，也是哈拉哈河的一种存在形式。久旱不涸，久雨不溢。地上河的河水突然上涨和下降，都是地下河的暗劲儿呈现的异象。

地球母腹，广阔而丰盈，正是靠着火与水的平衡，才得以生生不息。从里往外看，地球是火球；从外往里看，地球是水球。没有火，就没有水。要认识这一点，就必须认识另一点。

火山喷发是地球自我减轻和释放能量的有效手段，可以防止内部窒息，也可以防止因能量过剩而导致痉挛。地球的内部永远在活动着，吐故与纳新，毁灭与创造，没有片刻停顿。古希腊人认为，火山是地球母腹的口，自然而不可少。如同昆虫嘟嘟放屁的气门，如同贝壳双扇微张的嘴。或者是用于呼吸的，或者是用于排泄的，如果堵上，就会把它们憋死。如果地球瞬间痉挛，那就是发生地震了。那些憋在地球腹部的水蒸气压缩成了"球"，那就麻烦了。因为，它要找一个出口减压，就会在地下剧烈地运行，甚至发出呜呜呜的震耳欲聋的轰鸣声。引发地震，引发海啸，引发火山喷发。

就空间而言，过满，或者过空，都是问题。空虚和丰沛之间有一个奇妙的度，地球自己知道，地球自己能够平衡。火山熔岩喷发的时候，那股巨大的力量，造就了地下的河，却将火山岩和砾石覆盖在河面上。其上生长着白桦、赤桦、黑桦、红柳、青杨、榛子等乔木和灌木，曰石塘林。这些植物的根紧紧抓住火山岩，并排出强酸去腐蚀它，把它变成土。砾石在一旁冷漠地观望着，却无路可以逃遁。因为苔藓已经抛出千千万万根绳索把砾石缚住，不能移步，不能叫喊，只能束手就擒。那些植物就是在火山岩的废墟里长出来的。植物吞噬了废墟，吞噬了废墟底下的肉和骨头，吞噬了能够成为它能量的一切，且长势巨旺，饱满强壮。渐渐地，它们就成了这片世界的主角。

啾啾啾！啾啾啾！

石塘林里有鸟在穿梭忙碌，寻虫觅食。

也许，世界不是在某一时刻创造的，而是在可变的运动中慢慢创造出来的。

偶尔，也飞起两只花尾榛鸡，落到哈拉哈河的对岸去了。

花尾榛鸡是学名，俗名叫飞龙。在阿尔山林区，说花尾榛鸡没几个人知道，可一说飞龙，人人皆知。花尾榛鸡似雉而小，黑眼珠，赤眉纹，利爪，短腿。体长盈尺，羽色清灰，间或有黑褐色横纹。远观，如同桦树皮，不易被发现。起飞时需助跑，一飞二三十米，不能高翔。

因肉的味道极美，清代，花尾榛鸡被列为"岁贡鸟"。康熙、乾隆均喜欢喝飞龙汤，当然，更喜食飞龙肉。据说，满汉全席是断断不可少了飞龙汤的。飞龙汤一端上来，报菜名的太监的声调也跟着提高了不少。俱往矣，今天的国宴以及家庭餐桌上是断不可以有飞龙汤的。因为，在二十世纪九十年代，花尾榛鸡就被列入《国家重点保护野生动物名录》中。这就意味着，花尾榛鸡是受法律保护的野生动物。

花尾榛鸡性情温和，潜踪蹑迹，寂静无声。它大部分时间都栖息在树上。也许，在它看来，唯有树上是最安全的吧。

它觅食时，一般不发出叫声，可一到发情季节则鸣叫不止——克克克克——克克克克——克克克克！节奏简明，声如金属响器。鸣叫时，也伸脖子，也俯首，也

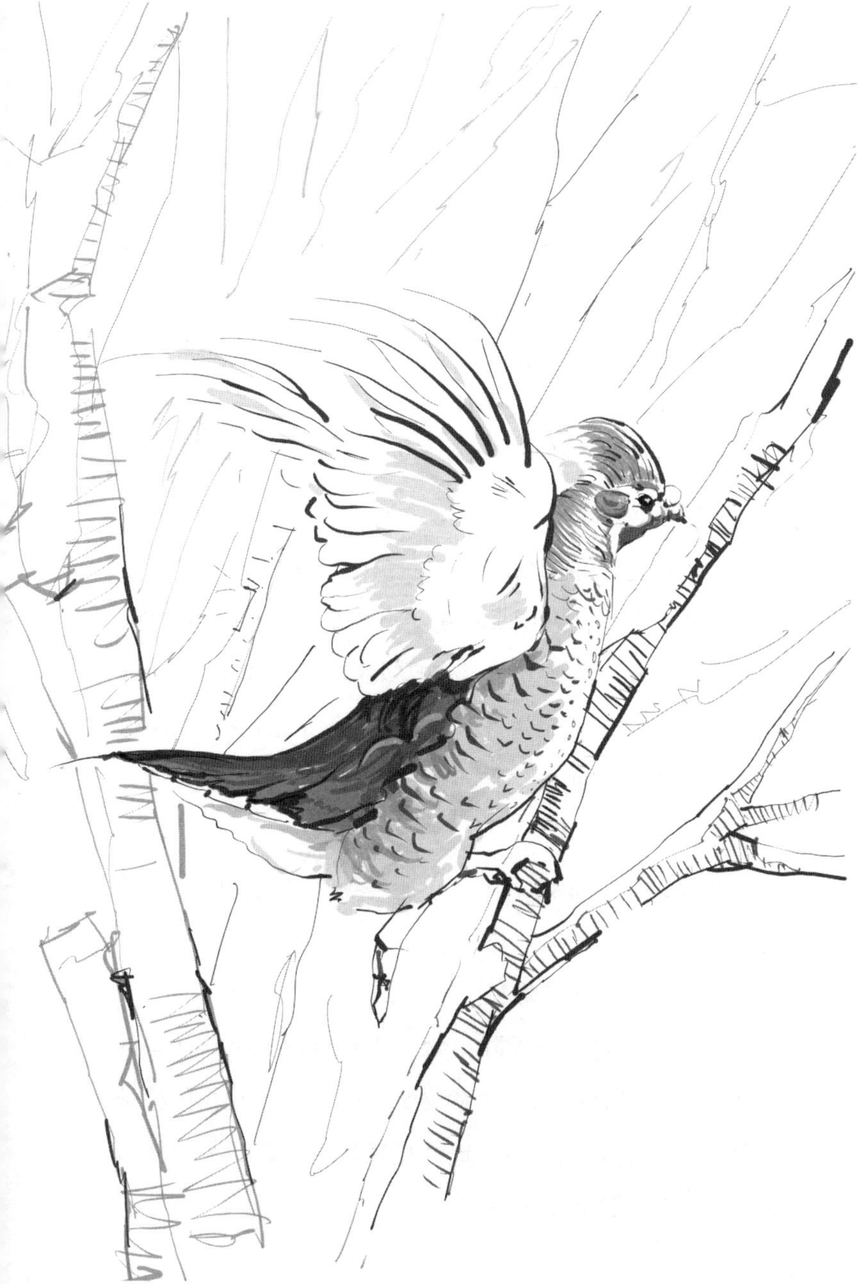

振翅,也翘尾,使出各种本领,向对方传递爱的信号。

花尾榛鸡喜欢在松林中觅食,落叶松和白桦树的混交林也常光顾。其食物是昆虫、松子、榛果、忍冬果、蓝莓及桦树的花序和芽苞。食物匮乏的日子里,也食乌拉草的草籽。它的巢有些简陋粗糙——树下落叶中挖一个土坑,再衔来一些松针、乌拉草、树皮屑和羽毛,垫在坑底,就算是巢了。繁殖期一过,巢就废弃了。

阿尔山林区的冬季,意味着寒冷和冰雪。

花尾榛鸡往往选择在林间雪地开阔的地方过夜。厚厚的积雪就是厚厚的棉被。它一头扎进深雪里,然后用尖嘴捅开一个小口,用来呼吸。有微微的气息排出口外,结成薄薄的霜。在这里,霜与雪很难区分开来。霜,落在雪里,霜也就成了雪。而花尾榛鸡尾巴的羽毛刚好堵住入口,严严实实,顺便也堵住了入口里的秘密。悄无声息,极其隐蔽。

然而,危险无处不在。它还是经常遭受夜间出来觅食的动物的袭击。猫头鹰、紫貂、青鼬、猞猁、狐狸都是它的天敌。防不胜防啊!

对岸的森林一望无际,森林固定着哈拉哈河两岸的山体。阻止任性的沟壑随意改变方向,防止浅根的植被剥离山体。森林也在不断地修复残破的地表,缝缀撕裂的生态,拼接断折的筋骨。

森林犹如强大的呼吸器官，吸附了飘浮的物质，释放着氧气，净化着空气。洗心润肺。在这里，生命可以尽情地呼吸。

——深呼吸。

森林里充满生命的律动。

这里没有老虎，没有豹子，没有巨蟒，却有黑熊。黑熊常在哈拉哈河岸边出没，寻找食物。黑熊是杂食性动物，吃坚果、浆果、草根、蘑菇、木耳、鸟蛋、蜂蜜，也吃老鼠、蚂蚁、蚯蚓、蜜蜂、蜥蜴、草蛇。它喜欢翻转森林里的石头、倒木，这些东西的底下往往有它要吃的美食。

呼地一下，石头被掀开，小生灵们四处乱跑，慌不择路。它用爪子拍打着，啪！啪！啪！一些被它拍死，一些被它拍晕。

嘴里嚼着倒霉的老鼠，咯吱咯吱咯吱。

它好像永远吃不饱，缪尔曾写过一段话，来形容黑熊的胃口。他写道：它们把食物撕碎，悉数吞到它们那不可思议的肚子里，那些食物就好像被丢进了一团火里，消失了。——这是一种怎样的消化能力啊！

黑熊的武器是它的前爪。一掌掴去，再一掌掴去，必使对方非死即残。早年间，哈拉哈河岸边每年都发生几起勘探队员、伐木工人或猎人、采山货人被黑熊用爪子拍伤或致死的事情。一个勘探队员在野外作业时，就曾遭到黑熊的袭击。当时，哈拉哈河岸边要建森林小铁路，他与队友正在测量地形，突然，林子里冲出一只黑熊，一掌掴来，把他拍晕，并把他坐到屁股底下。队友傻眼了，抡起测量工具就同黑熊搏斗。幸亏其他队友也及时赶来，才把黑熊赶走。结果，那名被黑熊掴了一掌的勘探队员，虽捡回一条命，但鼻梁骨塌陷，七根肋骨骨折，一只眼睛失明，头永远歪向一边。

黑熊也常深更半夜光顾伐木工人的工棚，专门到厨房里找吃的。头一天剩下的高粱米饭、窝窝头全都成了它的夜宵。当然，它可不是优雅的君子，它还把角落里的米袋子面袋子抓破，吃得满嘴满脸都是面粉。碗橱也被它掀翻，碗筷散落一地，一片狼藉。

有时，黑熊也到哈拉哈河的浅滩上溜达，眼睛却不时瞟一瞟河里。它可不是漫无目的地瞎溜达，而是鼻子嗅到了河里正在靠近岸边的鱼的腥味。时机来了，它会果断出爪，十有八九不会走空。

黑熊在树洞或灌丛里睡觉时，如果有人搅扰了它的美梦，它往往会吼叫着发起攻击。立起身子，舞动利爪，狂抓乱咬。——此种行为，与其说是因为受惊而自卫，不如说是因受侵扰而愤怒。后果，不堪设想。

当然，黑熊也有被反制的时候。一只狍子从灌木丛里闪出来，一般情况下，黑熊是不予理睬的。可这天，它居然丢下从石头下面翻出来的美味，撒腿就追赶那只狍子。前面是一个水塘，黑熊生生把那只胆战心惊的狍子赶进了水塘。黑熊身壮体强，却生来笨拙。哪知狍子在水面上奔跑时突然返身，用前蹄狠狠向黑熊的两只眼睛刨去，黑熊惨叫一声，两只前爪乱扑腾，在水里打着转，水花四溅。

顷刻间，狍子早已无影无踪，逃之夭夭了。

黑熊用力抖了抖脑袋上的水珠，只好踉踉跄跄离开水塘，悻悻而去。

松鼠是森林里的精灵。

它那漂亮的尾巴飘飘然，轻巧灵活，光亮闪闪，妩媚动人。一会儿在身后，如同拖着一朵云，在林间蹿来蹿去，活力无限；一会儿在身上，尾巴紧紧贴着后背，直立而坐，用前足当手，把食物送到嘴里；一会儿纵立伸直，停在树梢上，警觉地观察四周的动静；一会儿又优雅地卷起，翘过头顶，脑袋在尾巴的遮蔽之下，闭目养神。

它脚爪尖细，行动迅疾，身影转瞬即逝。从一棵树到另一棵树，从一根倒木到另一根倒木，从一个树洞到另一个树洞。它生性胆小，机警敏捷，时刻小心翼翼。它是爬树的能手，脚爪欻欻欻，像带着电一样，上上下下，时而跳跃，时而采摘，时而抓挠。总之，它一刻也停不下来，挖着，啃着，咬着，嚼着，总是在折腾。它是快乐幸福的。秋天，它将橡果、松果、榛子收集起来，藏在洞穴里，藏在倒木底下，藏在崖壁罅隙间，藏着藏着，自己也忘记藏在哪里了。无奈，冬天饥肠辘辘时，只得用前爪挖开积雪寻找食物。将积雪下挖出的坚果，一颗一颗带到树桩上，然后咬开，一点一点抠出里面的果仁。很快，树桩下，满是它扔掉的果壳苞片。几只喜鹊飞来，欢天喜地。喳喳喳！喳喳喳！喜鹊看见了果壳苞片里有东西在蠕动。

林学家说："松鼠是播种能手。森林里，假如没有松鼠，树木的再生情况就会少之又少。"

大多数松鼠本性惧水，但哈拉哈河两岸的松鼠泅水本领超强。从此岸到彼岸，抑或从彼岸到此岸，松鼠就抱着一块桦树皮跳进河里，用尾巴当桨，左右！左右！左右！顷刻间就划到对岸。有风的日子，它就御风而渡。尾巴直立在水面上，分明就是风帆呀，挺着挺着挺着，一摆一摆一摆，甚是有趣。

哪里河段宽，哪里河段窄，哪里河段水流急，哪里河段水流缓，松鼠清清楚楚。在哈拉哈河的狭窄河段，松鼠过河就更不成问题了。它只需在此岸的高大落叶松上抓住一根长长的松枝，荡来荡去，荡来荡去，然后将自己用力一抛，嗖的一声，一个弧线就抛到了对岸的树上。

松鼠不仅多疑，且领地意识极强，对于擅自闯入自己领地的同类冒失鬼，必驱之。如果对方飞扬跋扈不愿离开，打斗一番就在所难免。那是一场你死我活的打斗，枯叶乱飞，断枝横跌，叫声悚然。

入夜，山的翅膀合拢成寂静。森林，在黑暗中生长。

后半夜，月亮的牙齿咬碎了石头，哗哗哗！碎石落下来，惊醒了时间。

时间可以向前，时间也可以倒转。难以想象，哈拉哈河当初的一切都是液态，还有燃烧物，以及一片火海。火山岩和砾石表面呈现出大大小小的石臼和蜂窝。在石臼里，在蜂窝里，分明闪烁着躁动、发酵、渗透、磨蚀、膨胀、喷发等充满力量的词，这些词也许超越了矿物的范畴，无所不为，甚至不可为也为之。

可以想象火山喷发时的场面是何等壮观啊！俯身捡回几块扁扁的布满蜂窝的砾石，拿回家做搓澡石吧，一定很耐用。火山石仿佛还在散发着硫黄的气味，这里空气像葡萄酒一样醉人。

站在高处望去，一切都骤然变了。

在粗大的蒙古栎和挺立的落叶松中间，闪着亮光的白桦，沿着山坡缓缓的斜面，一直延伸到河边。

在一处水流平缓的河段，只见几个渔人正在用拉网打鱼。网到的鱼多半是鳙鱼、嘎鱼、黑鱼，也有狗鱼、双嘴鱼、尖嘴鱼、鲇鱼、江鳕、白鱼。岸上开阔地带，立着一排一排的用木杆子做成的晒鱼的架子，上面摆放着大大小小的鱼坯子。当然，如果运气好的话，网到了鲤鱼，是舍不得做鱼坯子的。

搬来几块火山岩，就架起了一口铁锅。找来一些枯树枝，用茅草点燃，木柴就噼噼啪啪地燃起来，一缕青烟，就袅袅升腾了。慢慢地，青烟飘进了林子里，林梢上就像罩住了一张网。不经意间，那张网便被树枝划破了，变成了一团棉絮，既不像雾，也不像云。

瞧，铁锅里的内容可不是虚头巴脑的，仅仅流于形式，而是务实的大块儿的鱼肉，野性、豪横、蛮霸、磅礴。咕嘟咕嘟咕嘟！暗红的酱汤酣畅地翻滚，热气腾腾，一如阿尔山人的性格。这就是哈拉哈河岸边最著名的一道美食——酱炖鲤鱼。

哈呀！

空气里弥漫着鱼肉的香味，闻到的人馋涎横流。

然而，哈拉哈河的标志性鱼类并非鲤鱼，而是哲罗鱼。哲罗鱼生在哈拉哈河上游的江汉子里，长在下游的贝尔湖和呼伦湖。哲罗鱼是食肉的鱼，最喜欢吃的就是水面上的飞蛾飞虫。傍晚，正是飞蛾飞虫聚群的时间，哲罗鱼便生猛地跳出水面，捕捉飞蛾飞虫。水面泛起层层涟漪，泛起朵朵水花。

个头大的哲罗鱼比渔民的木船还长。哲罗鱼的力气也大得很，啪地甩一下尾巴能把船掀翻。从前，渔人要想捕到大个头的哲罗鱼是需要下"懒钩"的。先找好"鱼窝子"，头一天夜里布钩，次日清晨起钩。懒钩钩到哲罗鱼后不能急于把它拖上岸，而是要使其疲惫，消耗它的体力，等它精疲力竭了再拖上岸来。否则，暴躁的哲罗鱼会拼命折腾，人有可能不是它的对手，它把懒钩咬断，也是说不准的事。

每年四月末至五月初，阿尔山林区冰雪开始消融的时候，哈拉哈河的河水开始迅速上涨。哲罗鱼就成群结队，顶着水流，越过一道道障碍，越过一道道险滩，日夜兼程，遍体鳞伤，甚至不惜付出生命的代价，洄游到它的出生地——哈拉哈河上游的江汉子里。把鱼卵产在河底的石缝里、乱石中，然后疲惫不堪地守护着鱼卵，直到孵出小鱼后，才开始返回贝尔湖和呼伦湖越冬。

早年间，哈拉哈河上有一个人，靠在河上捕鱼为生，也为过河人摆渡。有人过河，他就摆渡；没人过河，他就捕鱼。他捕鱼从来不用网，只用懒钩，钩大如镯，一串三五个。懒钩钩到的都是大鱼，他有意给小鱼留生路。此人，一年四季穿件老羊皮坎肩，出没于哈拉哈河上。他水性甚好，有时捕鱼，甚至连懒钩也不用。他知晓哲罗鱼的脾气，也知晓它藏在什么地方。他直接把老羊皮坎肩脱下来扔在船头，悄悄潜入水底，给哲罗鱼挠痒痒，挠着挠着，手就抠住了鱼鳃，一点一点就把哲罗鱼牵出了水面。他熟悉哈拉哈河上的风，他熟悉哈拉哈河的水声，他熟悉哈拉哈河的气味，他熟悉哈拉哈河上的星星和月亮。

他脸膛黝黑，鹰钩鼻子，面相凶狠，人送绰号"黑爹"。黑爹真名叫什么呢？没有人知道。河边崖壁下的"撮罗子"，就是黑爹的家。他没有女人，无儿无女，就是赤条条一人，无牵无挂。

有人说，他是牡丹江那边流窜过来的土匪。有人说，他是抗联第三支队王明贵打游击时走丢了的部下。有人说，他是越境潜逃于此的杀人犯。总之，说法很多。不过，说来说去，渐渐地，时间一久，就没有那么多说法了，就只剩下一种说法——他是黑爹。有道是，不在意你从哪里来，重要的是你能把人送到哪里去。

黑爹的船是一条桦木船，没有桨，用一根桦木杆子撑船。那时，整条哈拉哈河只有这么一个渡口。从此岸到彼岸，从彼岸到此岸，过河的人就坐黑爹的船。黑爹有的是力气，三下两下，五下六下七下八下，用力一撑，就把船撑到了对岸。哗——一根绳子甩出去，绕在渡口的木桩上，又悠回来，就拴了船。湿漉漉的桦木杆子戳在船头，见了阳光，一会儿就晒干了。

坐船的人起身时问船钱，他不言语，摆摆手。后来，人们也就不问了，下船就走了。因为，黑爹从不收费。

有几次，有不慎落水的人，都是黑爹一猛子扎进水里救出来的。人们发现，虽然黑爹面相凶狠，其实内心很善良。

坐黑爹船的，有伐木工人，有淘金者，有猎人，有皮货商，有走亲戚的妇女。黑爹话很少，三五天说一句，七八天说两句，他眼睛看着河面，只管撑船。黑爹唯一的嗜好就是喝酒。喝了酒，两眼就放出满足的亮光。常坐船的人，就时不时在他的船上留下一瓶酒。

有一年夏天，下暴雨，哈拉哈河涨水，波浪滔天，船不能渡。黑爹在撮罗子里，听到河中传来咚咚的鼓声，心疑为怪。出撮罗子，向河中探望，只见水面有一蛤蚌露出，大如笸箩。黑爹急持撑船的桦木杆子击之，蛤蚌一动不动，死死咬住桦木杆子不放。黑爹使出蛮力，将杆子连同蛤蚌一同抛到岸上。用石头砸蛤蚌，双壳微开，桦木杆子才脱落下来。随后，从蛤蚌中意外取出一颗珍珠，亮闪闪，圆滚滚，径长盈寸，大如鸡蛋。

黑爹并无喜色。日子如常，黑爹照旧在哈拉哈河上捕鱼，照旧在哈拉哈河上摆渡。

可是，有一天，渡口的桦木船不见了，黑爹也不见了踪影。撮罗子里，除了篝火的灰烬，空空荡荡。哈拉哈河上，除了两只哀鸣的水鸟飞过，空空荡荡。

"黑爹——！""黑爹——！""黑爹——！"
一声声唤，无人应。

三九严寒，滴水成冰，北方的河流皆封冻了。

而哈拉哈河的阿尔山河段，在零下三十六摄氏度的寒冷天气里，居然不结冰。不但不结冰，河面上还浮动着腾腾的热气。那情景就像谁家刚宰杀了一头肥大的年猪。大人们忙活着，正在一口烧开了水的大锅里给猪煺毛。小孩子进进出出，调皮捣蛋。灶里的柴火烧得旺旺的，满屋高声大嗓，洋溢着欢乐的气息。

冬天跟它没有关系吗？还是它拒绝冬天？很多野猪、狍子跑来取暖。哈拉哈河静静地流淌——这一段不冻河长约二十公里。因这条河，阿尔山的冬天便是另一番景象了。

这里有足够厚的积雪，然而，让人吃惊的是，积雪下不是寂静，而是涌动的热流。热气形成长龙，在河面上滚动，升腾。热流充满神秘、朦胧和幻象。

突然，一声炮响炸碎了哈拉哈河的幻境。接着，是万炮的吼声和炮弹的嘶鸣。枪口放射出花朵，硝烟吞噬着硝烟。大地在颤抖，天空在燃烧。

哈拉哈河河水一度变成了红色。鲜血染成的红色。

一九三九年五月至九月间，在哈拉哈河畔诺门罕曾经发生了一场惨烈的战争，史称"诺门罕战役"。那是一场陌生的、秘而不宣的战争。一九三九年七月二十日《纽约时报》发表社论说，苏联军队与日本军队在哈拉哈河岸边，在人们注意不到的角落里发泄着愤怒。诺门罕战役，是亚洲战争史上第一场坦克战。在七平方公里的战场上，近千辆坦克和装甲车相互厮杀，炮声隆隆，火光冲天，烟尘弥漫。在最后的决战中，日军坦克和装甲车很快成了一堆堆冒着黑烟的钢铁垃圾。日军有五万名官兵命丧哈拉哈河两岸，尸体堵塞河道。血红血红的河水，滋生了大量苍蝇、牛虻、蚊子，幕布般遮天蔽日，恐怖至极。

苏军死伤多少呢？不详。

我们可以知道的是诺门罕战役苏军取得了决定性胜利。

苏军总指挥朱可夫一战成名。个子敦实，头戴大盖帽，腰间挎勃朗宁手枪的朱可夫，因此役获得"苏联英雄"称号，颇得斯大林赏识，成为苏联军神。

哈拉哈河上的这场战役的惨烈程度超出我们的想象。激烈的炮声一停，河面上漂浮的，除了人的尸体，尽是鱼，有哲罗鱼、鲤鱼、鲢鱼、华子鱼等。一些鱼被炮声震蒙了，昏厥过去；一些鱼的腹部被炮声震破裂了，露出白花花的肠子；一些鱼的眼珠子被炮声震得鼓出眼眶，一片血红。

事实上，在一九三一年，日本关东军侵占了阿尔山地区后，日寇就把魔爪伸向了阿尔山林区，大肆砍伐哈拉哈河两岸的森林。日本关东军一〇七师团司令部设在五岔沟。日寇修建铁路和军事工事，一方面掠夺中国木材、煤炭等资源，一方面蓄谋进攻苏联。

战争摧毁了人性，也摧毁了河流里的生命。治愈创伤的唯有时间。治愈了自然，也就恢复了自然。

一九四九年冬天，阿尔山林务分局成立。办公地点就在哈拉哈河岸边阿尔山的伊尔施。白狼、五岔沟、西口、苏呼河作业所统归阿尔山林务分局管理。首任分局局长叫义热格奇，蒙古族。

当时，全国刚刚解放，国家急需木材进行经济建设。建工厂需要木材，修铁路需要木材，开矿山需要木材，盖楼房需要木材，架桥梁需要木材，总之，举凡开工建设的工地，没有不需要木材的。

一声令下：开发林区。

此前，哈拉哈河支流苏呼河两岸尚未开发，森林还是原始林，林相相当齐整完美。以落叶松、桦树及蒙古栎居多。

采伐队开进苏呼河施业区，以沟为作业点建立了采伐铺。据当时的伐木工人邓林生回忆，每个采伐铺有一名队长，一名记账员，一名检尺员，数十名采伐工。住宿是就地取材修建的木刻楞，房顶用桦树皮盖住，夏季防雨，冬季防雪。木刻楞里用大铁炉子烧柴取暖，铁炉子是用日本关东军丢弃的汽油桶改做的，上面立一个烟囱。烧的是木头桦子，火很旺，人们时不时往炉膛里加几块桦子，火焰升腾着，嚯嚯嚯！嚯嚯嚯！火蔫了，火犯困了，就用炉钩子捅一捅，给火提提神，火就睁开眼睛，又欢快地燃起来。铁炉子上也烤白天伐木出汗湿透了的衣服、裤子、绑带、手闷子，热气乱舞，散发着一股异味，不怎么好闻。进入腊月，炉火一刻也不能停，若是停了，木刻楞就成了冰窖。

冬季，生活物资用马爬犁运送，菜多数是土豆、盐豆、卜留克咸菜、酸菜和冻白菜，粮食大部分是红高粱米，很少吃到大米和白面。可是，还是有白酒喝的，是那种土法烧锅酿制的小烧酒。度数很高，有六十多度，是纯正的"高粱烧"烈酒。白酒在当时是林区劳保用品。不喝酒不行啊！当时，木材运输主要靠流送，就是往河水里放排，伐木工人大部分时间在水里作业，喝酒才能祛湿，才能舒筋活血。

苏呼河蜿蜒曲折，全长十八公里，向南注入哈拉哈河。每年春天冰雪融化，桃花水"闹汛"之时，就开始木材流送了。流送是按采伐铺分段投放木材，每次要控制投放的数量，不然投放过多会堵塞河道。沿岸各铺的工人在水里用小扳钩调整木材走向，使其不"打横"，避免造成"插堆"。然而，各铺投放的木材量很难统一把握，每年总是有几次"插堆"淤堵河道的事故发生。怎么办呢？也是有备用方案的——事先在上游修了一道拦河坝，里面蓄满水，在那里静静候着呢。打开闸口，坝里憋着的水汹涌而出，猛烈的冲击力，一下就把淤堵的木材冲开了，河道恢复通畅。

苏呼河的头道沟、二道沟、三道沟都设立了采伐铺。采伐铺得有个名字呀，是叫一铺、二铺、三铺吗？——不是，是按照队长的名字起的。邓林生回忆说，头道沟的采伐铺有郭长明铺、李木春铺、孙石头铺；二道沟的采伐铺有宋木林铺、杨云桥铺、董永刚铺；三道沟的采伐铺有万学山铺、刘长江铺、包金荣铺。铺下设组，有伐木组、造材组、打枝组、归楞组、流送组。伐木工具是快马子锯，也叫大肚子锯、二人夺。伐木作业时两人对坐拉，嚓——嚓——嚓——嚓——锯末子从锯口吐出来，弥漫着木脂的香味。随着一声"顺山倒啦——"及轰的一声巨响，大树就躺在了地上。砸断的灌木、枯枝、枯草、枯叶四处喷溅。

接着，就开始打枝，造材了。锯掉梢头，锯掉枝杈，锯掉疤瘌疖子，就是通直可用的木材了。在河岸上选平坦的场地，作为楞场，把造好的木材，集中到这里归楞，准备流送。把木材从各采伐铺运到河边楞场，主要靠马爬犁——这一工序也叫"倒套子"。

爬犁论张，不论辆。

每张爬犁由两匹马拉。林区冬季气温在零下四十几摄氏度，赶爬犁的人身穿羊皮袄，头戴狗皮帽子，脚穿棉乌拉，或者毡疙瘩，浑身上下包裹得还算严实。长鞭一甩，嘎——

"嘚驾——"爬犁载着滚圆的木材，在雪地里在冰面上就欢欢地跑起来了。

一张马爬犁一般运三五根木材，来来回回地跑，马跑得汗气腾腾。马鬃上眉梢上挂满了霜，鼻孔喷出一团一团的热气。马爬犁是用柞木做成的，柞木结实，牢固，不易劈裂。在爬犁脚的底部镶上铁条，在雪里或者冰上跑起来就轻快无比了。

那时候，伐木工人在生产作业时是有一些行话的。比如："磨骨头"就是用肩杠抬木头装车的意思；"小套房"就是集材的意思，"大套房"就是运材的意思；"上楂子"是指从伐木、打枝、造材到归楞的多道工序的统称，而"下楂子"则是指顺着河道水运流送的过程。

楞场又分山楞、中楞、大楞。

把山上伐倒的木头，简单集中到一起，叫山楞；把山楞的木材集中运到路边，归成楞堆，叫中楞；把中楞的木材，用马爬犁运到苏呼河两岸归成楞垛，以备流送，称为大楞。据说，苏呼河大楞场，一个冬天贮存的木材量可达三万立方米。

在阿尔山林区，像苏呼河那样饱满丰盈的大楞场有若干个。楞场里的木材堆积如山，一楞连着一楞，楞垛铺到天边。大楞场的木材，最后通过苏呼河进入哈拉哈河，流送到阿尔山林务分局伊尔施贮木场。再经过检尺、打码、编号、造册，这些木材就成了国家计划供应的物资了。木材在伊尔施经统一调配，装上汽车和火车运往全国各地。

在那个年代，贮木场相当于林区的"金库"。

林区人吃的喝的用的，全都来自贮木场里的木材。

故此，林区的经济又被称为"大木头经济"。

哈拉哈河的上游除了苏呼河，还有大黑沟、小南沟、金江沟水系，在伊尔施都汇集到一起。河面宽阔，水流澎湃，流送的木材首尾相连，蜿蜒数里，盖满河面，甚是壮观。

至今，哈拉哈河流经伊尔施的南北两岸，还有用水泥制作的大墩子遗迹立在那里，这就是木材流送的终点站了。上下两根钢丝绳横穿河面，河中间用若干木头三脚架固定，钢丝绳的两端分别系在两岸的水泥墩子上，用锁头锁牢。再沿着两根钢丝绳排列木板，用铆钉固定住，防止木板被河水冲掉。如此这般，就形成了一道拦截木材的屏障。

截住木材后，就要"出河"，用绞盘机往上拉木材，每次拉一捆，一捆三五根。拉上岸后还要归楞，这时抬木工就大显身手了。一一，二二，三三，四四，六六，要根据木材大小及其长短，来确定需要几个人抬。所用的工具有抬杠、扳钩、肩杠、把门子、压角子、小刨钩、油丝绳等。

一一就是两人一组，用一副掐钩、一副肩杠。二二就是四人一组，用两副掐钩、两副肩杠。三三就是六人一组，用两副掐钩、一副把门子、三副肩杠。四四呢，就是太长太粗太重的木材要八个人一组，前面一副把门

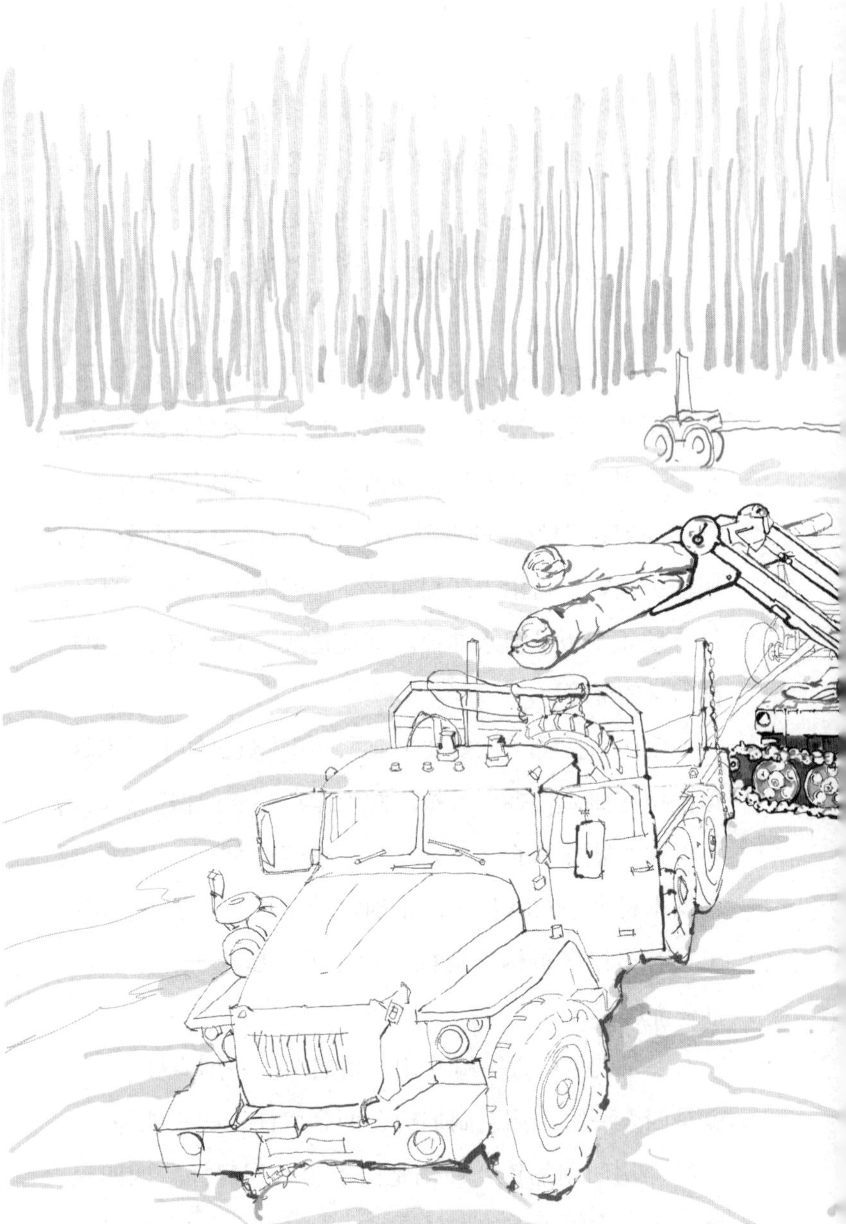

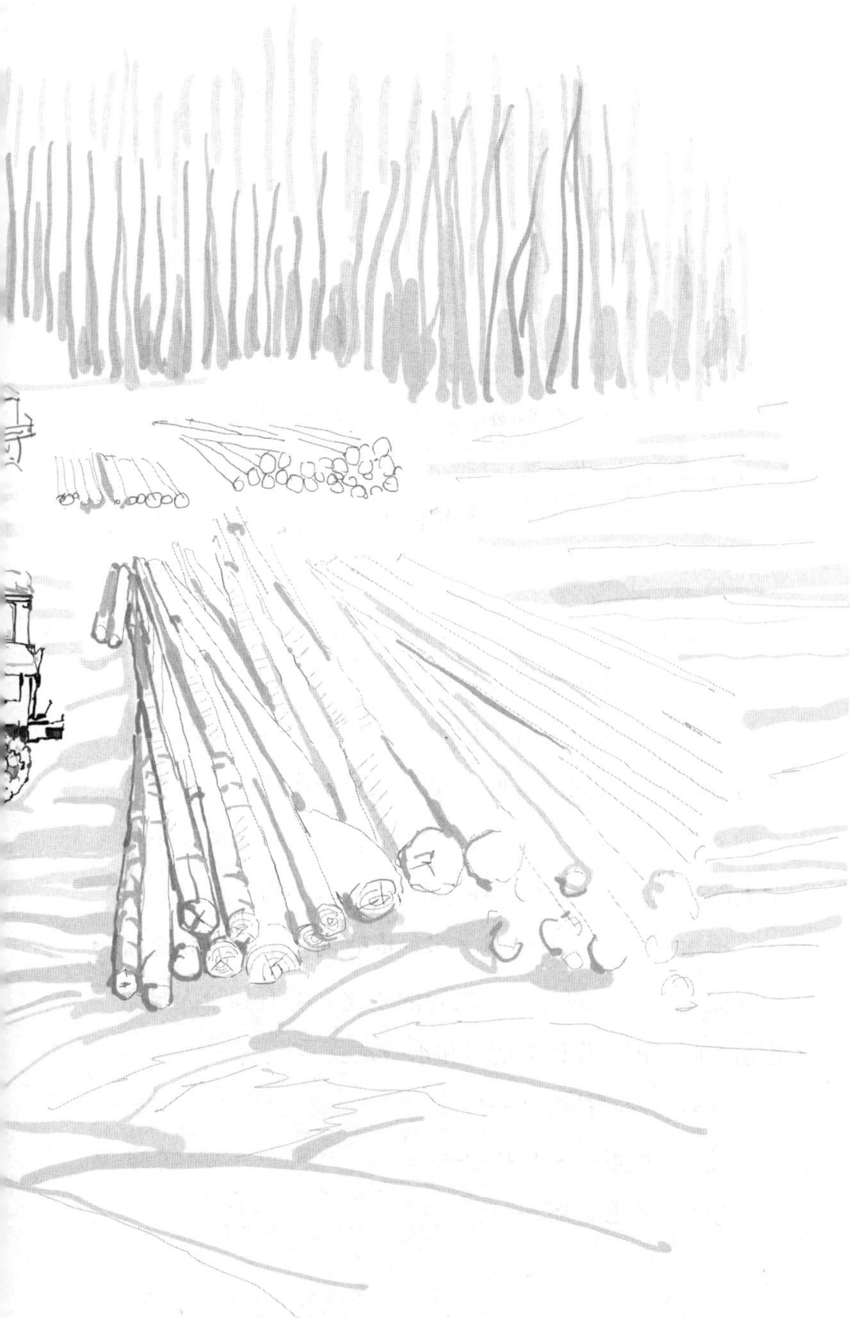

子，后面一副把门子，中间两副掐钩，四副肩杠。六六呢，就不说了吧，反正那是更大更粗更长的木材，要十二个人上肩了。

如果是直接装火车的话，在地面与火车厢之间还要搭跳板，有两节跳，有三节跳。抬木头时，动作要协调统一，步调一致，否则就会出差错，甚至发生危险。于是，喊号文化就在贮木场，就在抬木头的过程中产生了。领头人（杠子头）喊号，其他人接号。以号为令，便于抬木头行走时迈步整齐，使所抬的木头"悠"起来，从而平分压力，稳妥地运走木头。在号子的节奏中，抬木工们同时弯腰，挂钩，起肩，运行，上跳，置木。

每首号子的领号声调特别重要。号声的大小、高低、粗细、强弱都决定着其他抬木工的劲头、步伐步态，甚至运送距离和时间的掌握，都是靠号子控制的。抬木是一种齐心协力的劳动形式，号子的作用就是用韵律来调节人的步伐，使大家"走在号子上"。

抬木号子是一种调律、多种内容的艺术。也就是说韵律是固定不变的，至于内容的变化，要看领号人触景生情，临场即兴作词的能力和水平。

领号：弯腰挂呀——！

接号：嘿吆——！嘿吆——！

领号：撑腰起呀——！

接号：嘿吆——！嘿吆——！

领号：齐步走啊——！

接号：嘿吆——！嘿吆——！

领号：脚下留神呀——！

接号：嘿吆——！嘿吆——！

领号：上大岭呀——！

接号：嘿吆——！嘿吆——！

领号：加油上啊——！

接号：嘿吆——！嘿吆——！

人在重压下发声，是一种生理需要，也是一种重体力劳动过程中寻求快乐的精神需要。

有数据记载，阿尔山林务分局在新中国成立初期流送木材产量是：一九五〇年，两万八千一百三十立方米；一九五一年，两千九百立方米；一九五二年，三万零八百一十立方米；一九五三年，三千一百立方米。

一九五四年，林区头一条森铁修通了，森林小火车取代了水运流送。之后，哈拉哈河上的木材流送场面，便渐渐淡出林区人的视野。不过，那些老一辈伐木工人，总要在黄昏时分，来河边走走。他们望着空荡荡的哈拉哈河河口，总有一种说不出来的怅然。

喧嚣远去，哈拉哈河静静地流着，仿佛什么都没有发生过。然而，晚霞中，两岸的水泥墩子遗迹，以及几截锈迹斑斑的钢丝绳,还是那么真实地倒映在水里,若隐若现。

倒影是图景的回声,回声则是声音的图景。

"在森林里,最可靠的东西只有斧子和锯。"这是早年间,阿尔山林区流传的一句话。然而,经过半个世纪的砍伐,斧子和锯也靠不住了,光荣消歇,哈拉哈河沉默不语。也许,沉默也是一种忧伤。

若干年前,阿尔山林区就告别了伐木时代,进入了全面禁伐时期。作为一个时代的标志物,斧子入库了,锯子入库了。伐木人变成了种树人和护林人。

哈拉哈河似乎有话要说,然而,它没有说。

黎明睁开了眼睛,在无奈和困惑中,林区人开始认真而理智地审视自己既熟悉又陌生的森林了。

森林是什么?——一个声音说:"森林是一个生态系统概念,绝不仅仅是我们所看到的那些树。"是的,在森林群落中包含着许多生物群体,它们各自占有一定的空间,通过生存竞争,吸收阳光和水分,相生相克,捕食与被捕食,寄生与被寄生,既相互依赖,又相互制约,构成了一个稳定平衡的生态系统。

最早把森林视为生态系统的,是德国林学家穆勒。穆勒认为,森林是个有机体,其稳定性与严格的连续性是森林的自然本质。不应把森林看成木材制造厂，而应视之为土地、植物和动物的融合，是持久的生命共同体。它是河流的源泉，也是生命的源泉。

人类在反思自身与森林的关系时，应不断调整自身对森林的认识和行为。

穆勒还说，如果说我们不再需要干燥木材供人取暖，那么我们就更需要这些绿意盎然、青枝滴翠的森林来温暖人的内心。

森林的生物多样性具有三个层次：遗传多样性，物种多样性和生态系统多样性。森林包含了区域中生物种类的组合、生物与环境间相互作用的过程，以及经受干扰后的演变过程的最为完整的记录。正如气候顶极群落提供的当地植被完整的演变历史那样，这些生态过程，是无法从人为干预下生长时间较短的人工植被中获得的。或许，天然林和人工林是完全不同的两回事。

森林就是森林。森林里没有多余的东西，更没有废物。即使森林中那些枯朽的老树也不是废物。只有父母儿孙的生存，而没有爷爷奶奶的存在，并不能算是一个完整的人类社会，而森林，同样是一个老中青幼联结着的群体，正因为有枯朽老树的存在，才意味着一座森林的生长有着不同寻常的历史，才构成了完整的自然生态系统。

何况，在哈拉哈河两岸的森林里，枯朽的空筒老树，是紫貂、青鼬、艾虎、花鼠、灰鼠、鼯鼠等兽类和蜜蜂栖居的巢穴。大空筒树是黑熊蹲仓冬眠的极好场所，猞猁也常常借助大树的窟窿栖身。

森林的奥秘，也许就藏在那些枯朽老树的树洞里。森林有自己的秩序和逻辑。当一种现象超过某种确定的界限，森林就会调整内部的结构关系，重新确定秩序——这或许就是森林的法则。

阿尔山林区的朋友张晓超说："天然林的自我恢复能力超出我们的想象。"他还说："保护天然林最好的办法就是封山育林。在天然林采伐迹地上，只要原生树木的根系没有被毁垦，只要封山育林的措施科学、得当，给它们充分的喘息时间，天然林就可以恢复创伤，郁闭成林，达到森林群落的完好状态。"

春去春又来。

正是凭借美的力量，灵魂得以存活，并且生生不息。

林区大禁伐后，寂静取代了喧嚣。而那些积蓄能量已久的根，在哈拉哈河的滋润下睁开新绿的眼睛，并用力拱出地面，占据着一方属于自己的空间。

哈拉哈河上起雾了，渐渐地，雾吞噬了森林。

然而，终究还是森林吞噬了雾。

哈拉哈河向西奔流。向西向西向西。

据说，一二一九年，成吉思汗率领蒙古铁骑西征欧亚，出发之前，就是在哈拉哈河下游一带厉兵秣马，蓄势待发。至今，当年成吉思汗拴马的柱石，在哈拉哈河畔还可以找到——高盈丈，合抱粗，风骨凛然。它孤傲的影子，每日与遥远的苍穹对望。虽然历经岁月的剥蚀，但它仍矗立在那里。其实，即便它倒下了，即便它风化成了一堆土，那也无关紧要，因为它早已经矗立在人们心中。

"旌旗蔽空尘涨天，壮士如虹气千丈"，成吉思汗的蒙古铁骑所向披靡，摧其坚，夺其魁，解其体，向西向西向西，直至欧洲多瑙河。成吉思汗建立起一个庞大的帝国，打通了东西方交流之路，缩短了不同文明的距离，对世界产生深远影响。也许，正是哈拉哈河的火与水，哈拉哈河的坚韧、寡言与无畏，唤醒了成吉思汗的雄心和胆略。

可是，起初，成吉思汗西征的本意，并非为了占领和征服，而是复仇。

此前，成吉思汗派往西域的一支四百余人的商队，全部被西域人处死，货物被洗劫一空。相传"汗闻报，惊怒而泣，登一山巅，免冠，解带置项后，跪地求天，助其复仇。断食祈祷三日夜始下山，亲征之"。

呼麦呜呜，长调响起。蹄声和鼓声激荡着草原，疾风掠过的地方，总有山丹丹花狂野地开放。然而，一切都已化作远古的烟尘，随风飘逝。

哈拉哈河依然在流，哈拉哈河依然是哈拉哈河，说长不长，说短不短。比起自然来，人类的风风雨雨，功过是非，不过是哈拉哈河里的几朵浪花而已。也许，文明是可以被取代的，然而，自然是永远不可被征服的。

哈拉哈河，向西向西向西，在阿尔山林区三角山北部流出国境，进入蒙古国，拐拐拐，向北向北向北，偏西偏西偏西，流入贝尔湖，歇口气，稳稳神，流出，继续向北，最后经乌尔逊河，汇入呼伦湖。至此，才算画上了句号。这是一条多么有归属意识的河呀——流出去，是为了流回来。是的，它居然义无反顾地流回来了。

有多少河，滚滚滔滔，一去不返！

哈拉哈河，这条从地球母腹中流出来的河，可能已经奔涌了一百万年。它，不同于大多数河流。大多数河流，无论怎样蜿蜒曲折，无论怎样澎湃汹涌，最终，都流向了大海。而哈拉哈河的终点——呼伦湖并不通向大海。这一现象，不是一天两天，不是数月数年，不是几个世纪，也不是数千年数万年。哈拉哈河，从来处来，到去处去，方向没有改变，目标没有改变。

哈拉哈河，节制而深沉，稳健而自省，从不张扬，从不炫耀，从不喋喋不休地讲述。长期以来，它的意义，它的功用，它在生态系统中扮演的角色被我们忽略了，以致我们很少有人知晓它的名字。它，在动态中平衡着其流域的生态系统，在平衡中控制着生物与生物之间的关系。

它是无可替代的。

从地球来看，哈拉哈河是一个单独运行的生态系统吗？

不，地球是个整体，地球是个球。正如喜马拉雅山上的一颗雨滴，同印度洋上的一场风暴也有联系一样，其实，哈拉哈河与地球的整个生态系统也存在着微妙的关系。终点，并不意味着停滞和完结，而是孕育着新生和开始。也许，空间是可以留置万物的，而时间则是在舍弃万物的同时创造万物。哈拉哈河并置了空间和时间，周而复始，循环往复，永不停歇。

万物即自然。

哈拉哈河的自我净化、自我修复能力是惊人的，它的创造力更是无须证明的——它涵养着其流域内的森林、草原、湿地、滩涂和荒野；它滋润着其流域的时令、生命、情感、灵魂和精神。

哈拉哈河，承载着时间和传奇，奔流不息。

第 3 章

鳇鱼圈

鳇鱼鳇鱼
——在哪里?
曰归曰归,
岁亦莫止。

一

无数个世纪落叶一般飘逝了,然而一切事情仿佛都发生在今天。

望着江面上的薄雾,隐隐地,我仍存着一丝希望——鳇鱼,应该没有灭绝吧?虽然,江里几乎见不到它的身影了。虽然，关于它的话题，渐渐稀少了。

准确地讲，与其说对鳇鱼存着一丝希望，倒不如说，我对人类自身还没有绝望——尽头，往往就是开头呀！

鳇鱼，学名达氏鳇，食肉性鱼类，体大力强。一般体重一百公斤，四五百公斤亦有之，大者可达一千公斤以上。其存活于黑龙江、乌苏里江和松花江水域，是中国淡水鱼中最大的鱼，被称作"鱼王"。

鳇鱼前面加一个鲟字，鳇鱼就成了鲟鳇鱼了。鲟鳇鱼跟鳇鱼是什么关系？这是一个有意思的问题。其实，鲟鱼是鲟鱼，鳇鱼是鳇鱼，但由于二者体形体态几乎一样，外行人很难把它们区别开来，故而干脆把它们统称为鲟鳇鱼了。

然而，差别还是有的——其一，颜色不同。鲟鱼一般为青灰色，鳇鱼一般是浅黄色。其二，鳃盖膜不同。鲟鱼的鳃盖膜左右不相连，鳇鱼的鳃盖膜左右几乎连在一起。其三，流线不同。鲟鱼体面上的流线是虚实相间的，鳇鱼体面上的流线是实线。其四，体量不同。鲟鱼一般不会超过一百五十公斤，鳇鱼超过一百五十公斤很寻常，长丈余，甚至更长。

我看到一张老照片：一条鳇鱼横卧在数个油桶上，人站成一排，与这条鳇鱼合影留念。

有意思的是，人站成一排的长度恰好是鳇鱼的长度。

多少个人站成一排呢？——我数了数，二十三个人。

鳇鱼一生都在长个子，仿佛可以无限长下去——长长长。鳇鱼的生长速度快，性成熟比较晚，生殖周期长，雌鱼一般要到十六岁以上才性成熟，才懵懵懂懂地知道，需要寻找爱情了。鳇鱼的年龄五六十岁常见，七八十岁并不稀罕，有的甚至可以达到百岁。

一种事物，一旦与政治联系起来，就不再是简单的事物了。

早年间，鳇鱼是贡品。清朝时，朝廷设有专门的"鳇鱼贡"制度，有专门的衙门和官员负责此事。规格和级别也是相当高的。由于锡伯族人擅长捕鱼，朝廷便下诏选调驻守京师八旗兵中的一些锡伯族人担当鳇鱼差，直接由清宫内务府管理，网具和鳇鱼差所需物资，均由内务府专供。

奉捕鳇鱼差的官网，在江上是分段的，每个官网都有一定的水域。衙门按段为官网编号，如松花江上的"拉林十网""舒兰四网""扶余七网"等等。

春季开江时，捕鳇鱼又叫"打春水"。下江之前，要举行祭祀仪式——面对江湾深水处，摆上鸡鸭、饽饽、白酒之类的供品，烧上一束香，由网达（网长）主持祈祷。仪式后，鳇鱼差和网户们把供品吃掉，继而才能下江捕鱼。

在黑龙江、松花江和乌苏里江的江边，至今尚存一些鳇鱼圈的遗迹。圈，不是朋友圈的圈，不是圆圈的圈，不是圈地的圈，不是圈阅的圈。圈，是羊圈的圈，牛圈的圈，马圈的圈，圈肥的圈，圈养的圈。所谓鳇鱼圈，就是当年江上的网户，为临时饲养候贡鳇鱼而专设的水圈。说得直白一点，就是大水坑。东北话，叫大水泡子。只不过，那大水泡子有护网有围栏有房舍有船坞。鳇鱼圈与大江相通，为防鳇鱼逃走有栅栏门隔之。

松花江与嫩江交汇处的鳇鱼圈最为稠密，光是肇源县境内的鳇鱼圈沿江至少就有六处。西北呼来、古恰屯、二站、薄合台、木头西北屯、三站等处都有鳇鱼圈遗迹。二〇一八年九月间，我专程到肇源寻访鳇鱼圈，遗憾的是，所看到的"圈"，几乎都是荒凉的芦苇塘了。寂寥，冷清。

当地民俗学家程加昌介绍说，史料中有确切的文字记载——肇源县江段捕获的最后一条鳇鱼，应该是在伪满洲国时期（一九四一年夏天），由茂兴马克图渔人，在嫩江下游三岔河江面捕获的。那时的肇源在行政建制上，还不叫肇源县，而叫郭尔罗斯后旗，伪旗长叫达瓦，是蒙古族。

渔人捕到的鳇鱼有两百多公斤。鱼鳞极细，若有若无，相当于无。遍体青色，略呈黄色。脊背及两侧有三道鳍条（骨质硬鳞），鼻长二十厘米，形似圆锥，粗可盈握。鱼嘴生于下颌前，眼小。

伪旗长达瓦闻讯后说，此为贡品（实际上，光绪年间"鳇鱼贡"制度就已经废弛，达瓦竟浑然不知），应充公。便差人准备给当时在新京（长春）执政的伪满洲国皇帝溥仪送去。结果，送鳇鱼的车辆刚要启程，又被达瓦叫停了。因为达瓦忽然想到一个问题：鳇鱼送到新京，腐败溃烂了怎么办呢？达瓦一时也没了主意。鳇鱼在伪旗政府的院子里放了三天，头两天嘴巴还咕嘎咕嘎地动，第三天就很少动了，眼珠子也渐渐涩了。达瓦决定，既然溥仪没有这个口福，干脆自己替溥仪吃了吧。于是，酱炖鳇鱼，喝"高粱白"小烧。一连几天，天天如是。最后，那条鳇鱼全进了达瓦及日本参事官三浦直弥的肚子里，连一根骨头都没剩下。

今朝有酒今朝醉，管它今夕是何夕。呕——呕——呕！达瓦打着响嗝，吐着酒气，心满意足。

一九四五年八月，苏联红军出兵东北，日本关东军溃败，日伪政府倒台，东北光复。达瓦摇身一变，成了维持会会长。然而，达瓦毕竟心虚，后潜逃蒙古，销声匿迹。

站在肇源县两江交汇处的三岔河湿地观测瞭望台上，

我望着泛着亮光的江水，不禁感慨万端。

东北有很多地名叫鳇鱼圈，其实，都跟一个人有关。

一八六六年，一个叫王尚德的鳇鱼差向衙门报告：窃因网户自道光二年（一八二二年）间江水涨发，冬网碍难捕打。当经报明衙门，饬令于罗金、报马、哈尔滨等处设立鱼圈，修造渔船，着夏秋捕鱼上圈，备输贡鲜。

鳇鱼衙门还算开明，采纳了王尚德的建议，很快在松花江哈尔滨段设置了鳇鱼圈（今老江桥附近）。接着，在吉林、农安、德惠、榆树、舒兰、扶余等地的江段也设置了鳇鱼圈。肇源的西北呼来、古恰屯、木头西北屯等鳇鱼圈，还有扶余的双屯子、达户、罗斯和溪良河等鳇鱼圈，也是在那时设置或开辟的。

"鳇鱼贡"制度规定，民间不得私捕鳇鱼，也不得擅自食用。每捕到鳇鱼，衙门要造册登记，派专人送往鳇鱼圈饲养。等到冬季，江水结冰之后，再将冻挺的鳇鱼送往紫禁城。鳇鱼用黄色的锦缎包裹着，装在花轱辘马车上，由官员和卫兵押运。长路漫漫，要经过数个驿站，走一个多月的时间才能到达京城。

在紫禁城里，并不是人人都可享用鳇鱼的，除了皇帝及妃子，其他人断不可以。也就是说，鳇鱼是"皇家特供"。鳇鱼，浑身都是软骨头，没有一根硬刺，头盖骨也是软的，呼囔呼囔。肉，特鲜。煎炒烹炸，想咋吃就咋吃，随便。有道是：吃了此鱼，天下无鱼。

光绪二十六年（一九〇〇年），"鳇鱼贡"制度废弛。

这一年，沙俄军队以保护中东铁路为名，侵入雅克萨城。随后，墨尔根、瑷珲（黑河）、齐齐哈尔等城市纷纷陷落，城中官员，包括负责鳇鱼贡事务的官员皆弃城逃走。

至此，鳇鱼贡不废也不可能了。

二

鳇鱼，性格孤僻，沉稳低调，一般在深水底部活动，很少抛头露面。

每年白露前后，是捕鳇鱼的最佳时节。此间，江面上的鱼蛾就渐渐多了，就渐渐集群了。那些鱼蛾，通常只有一两天的存活期。它们在江面上雪片般乱舞，铺天盖地，近乎疯狂地表演之后，便悄无声息地死去。

鱼蛾尸体布满江面，白花花一层，惨淡不堪。

鳇鱼就从深水中游出来，张开大嘴，吃江面上的鱼蛾。这时鳇鱼的食物主要就是那些鱼蛾。鱼蛾蛋白质丰富，给鳇鱼提供了充分的营养。

当然，嗜吃鱼蛾的不光是鳇鱼，还有其他鱼类。

林区开发初期，在黑龙江岸边的伐木工人架起铁锅，这边添柴烧水，那边下网捕鱼。经常是这边水还没烧开，那边捕鱼的已经提着一串鱼回来了。

黑龙江里的鱼有"三花五罗"之称。"三花"曰：鳌花、鳊花、鲫花。"三花"是三种鱼的合称。"五罗"曰：哲罗、法罗、雅罗、铜罗、胡罗。"五罗"是五种鱼的合称。黑龙江上游的捕鱼点有二十多处，如，劈砬子、上马场、甩弯子、二道河子、三道河子、张湾大沟、套子等等。这些水域水流平缓，浮游生物丰富，常常引来大量鱼类觅食。

捕鱼需要智慧。工具是人类能力的延伸，而工具本身就是人类的创造。因而，工具所能即人类所能。

捕鱼的智慧体现在用什么捕鱼和怎样捕鱼上。

早先，鄂伦春人和鄂温克人捕鱼主要用须笼和挡鱼亮子。

须笼用柳条编成，主体是个大肚子，底部系一个网筒，迎着水流安设，鱼会顺着水流进入。入口处是个锥形漏斗，有倒须，防止鱼进入后逃逸。起出时解下网筒，由此向外倒鱼。

挡鱼亮子，多在河汊子浅水中有落差的地方设置，即从河汊子流水有上下落差之处的两边，向中间夹障子，只在正中间留半米左右的口，口处设置一柳条编的苍子，自上游来的鱼落入夳子里，水却漏下去了。那时，江汊子里的鱼类多，哲罗鱼、细鳞鱼、江白鱼、葫芦子鱼铺满河底。

挡鱼亮子是比较原始的工具，渔人一般在秋季用它捕获洄游鱼。听说二十世纪五十年代，有人在额木尔河用挡鱼亮子捕鱼，不到二十天时间，捕鱼八万公斤。大个的哲罗鱼生猛，把挡鱼亮子撞碎，是常有的事情。

冬季呢，江面结冰了怎么捕鱼？——用冰穿凿冰眼，开冰窟窿，然后，往冰底下拉线挂网，照样可以捕鱼。挂网是为了用网眼挂住鱼鳃或鱼身，以达到捕鱼的目的。捕鳇鱼使用的挂网，一般是大小网眼不同的多层网，最多是三层网。

渔人的心，贪不贪，看网就知道。

张网，也称"绝户网"，网具张开形同一个大口袋。越向网底，网眼越小，结尾处形成一个网兜，称作"袖子"。张网的主纲系于岸边的大树上，网底绑上石头，深入水底，专等经过的鱼入网。这种网之所以称为"绝户网"，是因为它不论大鱼小鱼，均可以捕获。

趟网是黑龙江上特有的捕鱼网具。趟网较长，长可达二十多米，为几张网连接而成。与挂网不同，趟网主纲上有一个活动的漂子，称为"网头"，以便顺水流向江心漂浮。人在岸上撑住网的这一头，顺江走上一二里路，鱼入网时，从水里传到手上的那种一动一动的感觉，令人的心跟着兴奋地动。漂子一般是木头做的，也称"耙子"。耙子中间有一个活动轴，由一条线连接主纲，待需收网时，一扯那条线，耙子啪地一下变成一个平板，便可自如收网摘鱼了。

没有网具也能捕鱼。在黑龙江开库康段的一条渔船上，一个老渔人用手指了指自己的脑袋说："没有网，就用这个捕鱼。"老渔人说："干什么事情都一样，得用脑子。"老渔人名叫白浪，人送绰号"浪里鱼鹰"。老渔人在江上打了一辈子鱼，黝黑的脸上尽是疙疙瘩瘩的糙肉，如同历经岁月和江水浸泡的疙疙瘩瘩的老船帮。他深谙水性，也深谙鱼性。老渔人说话瓮声瓮气。话，一句一句落在船板上，把渔船弄得左摇右晃。关于鳇鱼的话题里弥漫着一股湿气，也弥漫着一股野性的腥气。老渔人绘声绘色地讲述了他"用脑子捕鱼"的故事。

鱼往往夜间喜欢到江汊子觅食。他就在木船的船帮上绑一根白桦木杆子，小船慢慢自上而下在江汊子中间漂游。绑白桦木杆子的一侧对着江边，在江边觅食的鱼一听到响动就往回跑。看到水面有道白线，便以为是网具，就急急地想跳过去。啪啪啪！跳出水面，却恰好跳进了船舱里。鱼群有一种现象，那就是头鱼跳，其他鱼拼死拼活也跟着跳。啪啪啪！啪啪啪！顷刻间，船舱里就跳满了鱼。

用不着撒网，用不着出力气，就能捕到鱼。老渔人说，此法叫"漂白杆子"捕鱼。我笑了，说，此乃"坐收渔利"也。

哈哈哈！老渔人也笑了。眼睛笑成一条细线。

老渔人说，鳇鱼从来不"跳舱"，漂白杆子这招对鳇鱼不管用。但是，老渔人告诉我，早年间，在江里捕到鳇鱼也是常有的事。有一年冬天，他在冰窟里捕到过一条个头甚大的鳇鱼。我问他，甚大是多大？他说，我这么和你说吧——当时，用三张马爬犁连在一起拉这条鳇鱼，鳇鱼的尾巴还在冰面上拖着呢。你说那鳇鱼有多大？

县志中，民间捕获鳇鱼的记载多有闪现：

一九四九年五月，松花江呼兰河河口，渔人合力捕获一条三百八十公斤重的鳇鱼。一九八〇年，黑龙江漠河一处水域，有渔人捕到一条长四米，重达五百四十二公斤的鳇鱼。一九八六年，漠河兴安乡（今漠河市兴安镇）有渔人发现一条鳇鱼误入浅水滩，便唤来二十多个渔人，将其捕获。几个人把那条鳇鱼抬起来，上磅秤一称，重达四百五十公斤。一九八九年，黑龙江春汛时，一条鳇鱼被冰块撞晕，随洪水涌入江湾，被渔人捕获。那家伙，个头也不小——三百七十公斤。

某天，黑龙江上游的北极村里多了一个从江对岸潜水过来的"老毛子"，他给自己起了个中国名字——李德禄。据说，他在江那边醉酒后，一刀把睡自己老婆的一个"哥萨克"杀了。酒醒后，悔之晚矣。在警方缉拿他的头一天夜里，他一猛子扎进江里，在漆黑的夜色中游到对岸北极村。北极村的人没有告官，相反却悄悄接纳了他。

李德禄，蓝眼睛，棕色的头发胡乱打着卷，嗜酒如命，是捕鳇鱼的高手。他捕鳇鱼从不用网具，徒手就能把鳇鱼从水底牵上来。

他往往先踩点，观察水情，找到鳇鱼潜伏的水域，然后一猛子扎下去，慢慢靠近鳇鱼，先给鳇鱼挠痒痒。在不经意时，便给鳇鱼戴上笼头。鳇鱼乖顺得很，他轻轻一牵，就很顺从地跟着走了。

二十世纪七十年代，一批上海知青在开库康插队，常去江上打鱼，曾打到过二百七十公斤重的鳇鱼。当年的老知青回忆说："我们几个知青，很费力地用杠子把鳇鱼从江边抬回知青点。用铡刀把鳇鱼切成若干段。送给附近老乡一些，知青点留一些。留下的鱼段切成鱼片，炖着吃，那鳇鱼肉香得很呀！"

距开库康不远，往上的盘古河河口，浮游生物密集，是一处"鳇鱼窝子"。那年月，粮食不够吃，就有一个深

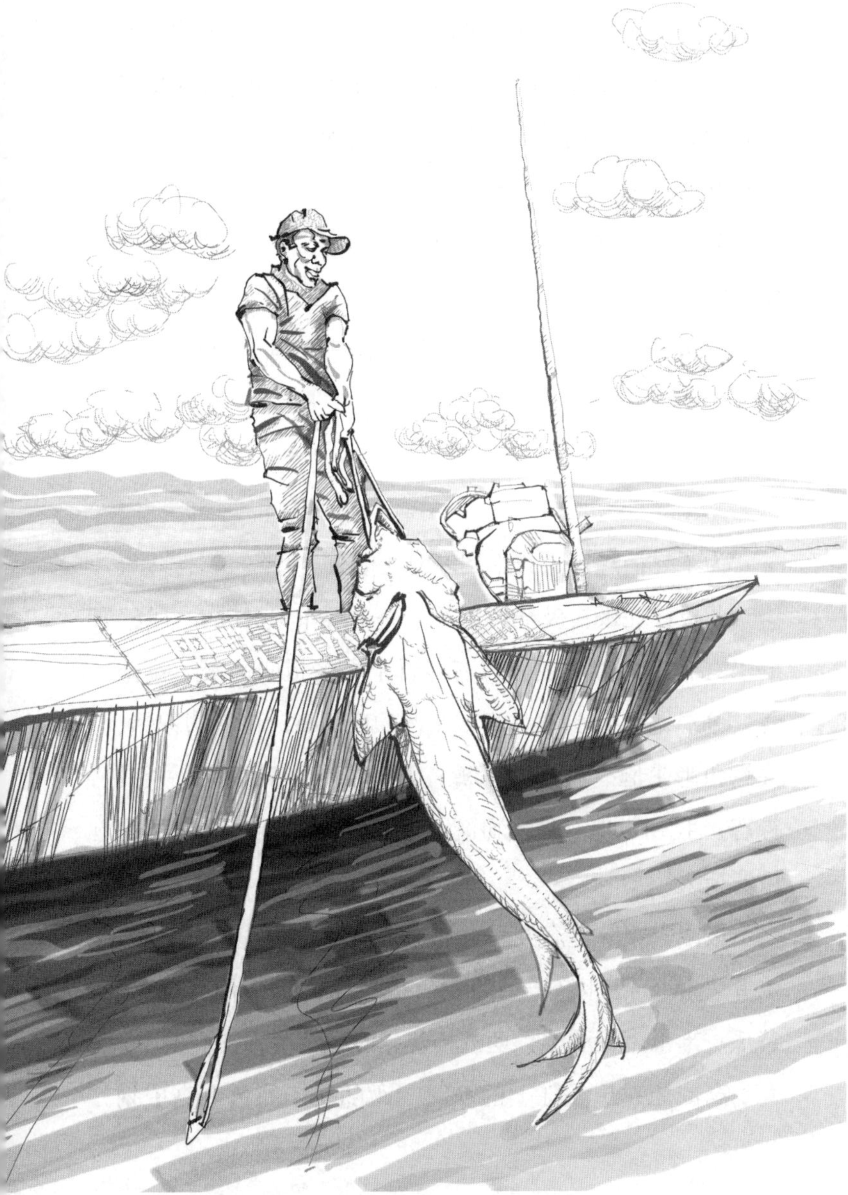

谙水性的知青在河口下滚钩，时不时便能捕到一条鳇鱼，个头都在二三百公斤呢。捕到的鳇鱼，除了用来改善知青的伙食外，其余都换小麦了。用鳇鱼换小麦，解决了知青粮食不足的问题。据说，在那个鳇鱼窝子，那个知青总共捕到过十九条鳇鱼。

鳇鱼的肚子里还能扒出许多鳇鱼子，黑亮黑亮的，像牛眼珠子似的。

鳇鱼子制成的"黑鱼子酱"，有"黑黄金"之称。

三

为了寻访鳇鱼，我来到漠河北极村。

北极镇北极村极昼街二号，一个唤作"极限农家院"的家庭旅馆，离黑龙江仅有二百米。老板叫高威，高颧骨，高鼻梁，卷头发。高威是八〇后，戴一副金边眼镜，穿鳄鱼牌T恤、灰色牛仔裤。看他的脸形和眼窝，及其神态，我判定他有外国血统。一打问，果然，他姥姥是俄罗斯人。

极限农家院里有九间大瓦房，窗明几净，还有车库、水井、秋千架。院子里的一角是一片菜园，种有豆角、黄瓜、南瓜、大头菜、西红柿等，时令菜蔬，一应俱全。

高威原是黑龙江上的渔民，跟随父亲捕鱼。高威划船，父亲下网。父亲在江上捕鱼捕了一辈子，凭经验下网布钩，网网有收获，一般不会走空。在潜移默化中，高威跟父亲学到了打鱼的本领，也成了江上捕鱼的能手。

坐在江边的一根倒木上，我们聊了起来。高威是一九八五年一月出生的，属牛。父亲叫高洪山，辽宁台安人，闯关东来到北极村的。高威一家五口人，父亲、母亲、他、媳妇和孩子。

高威告诉我，住在江边最怕的是发洪水和"倒开江"。二〇一八年七月发了一场洪水，三十年不遇，洪水把"神州北极"的石碑和江滩上的庄稼都淹了。幸亏抢险及时，加高了江岸防洪大堤，洪水才没有漫出来灌进北极村。

倒开江是黑龙江上游早春时常发生的一种自然现象。这是由于江面解冻的时间具有差异性：下游应先开而未开，上游应后开却先开，致使大量冰块淤塞河道造成灾害。

倒开江产生的冰块和冰排，轰隆隆！连绵数里海啸山崩般涌向江岸，许多鱼虾被挤压冲撞，头破血流地被抛到江岸上，挣扎几下死去。如果倒开江的冰块和冰排进村，那就惨了——一准会房倒屋塌，沟满壕平。好在这几年加高加固了的江堤发挥了作用。出力、出汗，也算没白费功夫，住在江边的人家能睡上安稳觉了。

"捕到过鳇鱼吗？"

"捕到过。那都是早些年的事情了。"

"具体是什么时候？有多大？"

"一九九八年的夏季吧，曾用挂网捕到一条鳇鱼。这是我仅有的一次捕获鳇鱼的经历。小船刚一靠岸，鳇鱼就被人买走了。一百元一公斤，一条鳇鱼卖了两千四百元。买鳇鱼的人连眼睛都不眨，把那条鳇鱼绑到摩托车后座上，一溜烟就没影了。"

"现在鱼价怎么样？"

"鱼价是越来越高。不要说鳇鱼，就是哲罗的价格都要在一公斤两百元以上。"

从一九五二年开始，黑龙江省全面禁渔了，在禁渔期内打鱼是非法行为，捕鳇鱼更是违法的事情。

现在很难见到鳇鱼的影子了。即便法律不禁止，让捕也捕不到了。除非到俄罗斯那边的江汊子里去，或许还能捕到鳇鱼。听老一辈人说，之前，金鸡冠水域是一处鳇鱼窝子，那里的水是文水，水流平缓，常有鳇鱼活动。鳇鱼性情沉稳，没有暴脾气。白天在深水里沉潜，晚上便游到浅水水域觅食。

高威说，用缆钩钓鱼（也用缆钩钓鲇鱼和嘎牙子），倒钩是一项技术活儿，手必须快，否则就把自己的手钩住了。划船的人与倒钩的人要密切配合，效率才高。他也用须笼捕鱼，但多半捕的是细鳞鱼和江白鱼，一晚上能捕十几公斤呢。

每年六月中上旬到七月中下旬是禁渔期。此间，除了江水汹涌，江面上的一切都是静静的。偶尔，有几只野鸭子飞过——唰唰唰！

二〇一一年五月，北极村成立了旅游公司。这绝对是北极村历史上的大事——北极村所有的渔民都变成了职工。一夜之间，靠捕鱼为生的人，成了挣工资的人。高威说，来北极村的人，一般都是来找北，找冷，找美的。冬天感受极夜，夏天感受极昼。高威在旅游公司的驿站搞接待，工作很体面。工资是根据学历、工龄、工作年限和工种确定的。他的工资每月三千多元，媳妇的是两千四百多元。父母退休，每月能领退休金一千多元。父母的退休金不算，他和媳妇两人每年的工资、奖金就有七万多元。家里早就买了轿车，还是越野车呢。小日子美美的。

极限农家院经营得也不错。每年八月一日至八月二十日，来旅游的人很多，客房爆满。一九九三年以前，高威家开的旅馆都是大通铺，一个洗手间，很快就不适宜了。游客的要求越来越高。到目前，高威家的家庭旅馆已改造翻新了三次，原来每个房间七八平方米，现在二十多平方米。标准间二百元一天，三人间三百元一天。做生意重在诚信，有客人把钱包或者手机丢在旅馆的，高威发现后，都给快递回去了。后来，那些客人都成了回头客——再来，就像走亲戚一样了。

高威望了望江面，回头对我说："搞旅游比打鱼强多了，不用风里来雨里去。捕鱼的活儿太辛苦了，容易腰疼腿疼、得风湿病。现在不愿去捕鱼了。即便江里还有很多鱼，也不愿去捕鱼了。"

四

事实上，北极村跟北极圈没关系，它不过是中国版图上最北的一个村子。但是，它却紧靠一条界江——黑龙江，以江为北，以江为界。这些年，随着旅游的火爆，北极村已闻名遐迩。

江那边是俄罗斯，两边的渔人经常在江面上相遇，彼此相互问候！"普里维特（你好）！""兹德拉斯特维捷（你好）！"也交换一些东西——白酒啊香烟啊大列巴啊啥的。总体来说，那边的人比这边的少多了。早先，这边的渔人常到那边的江汊子里捕鳇鱼。对方睁一只眼闭一只眼。后来据说俄方对边防军有奖励政策——抓到越境捕鱼的奖励士兵休假一个月。所以，俄方边防军的另一只眼不闭了，睁开了，这边的渔人再过去捕鳇鱼，就常常被抓。由于风险太大，这些年就几乎没人过去捕鳇鱼了。

靠山吃山，靠水吃水，靠林吃林。不靠山，不靠水，不靠林，就靠买东卖西。

二十世纪七八十年代之前，放排是黑龙江上常见的景象。在大兴安岭林区，黑龙江上游是重要的木材集散地，出现了洛古河、哈达、大马场、小马场、二道河子、三道河子、永和站和二十九站等较大的贮木场。

放排，就是把木头放到江水中，用小木杆充当"带子"，将木头钉成排。排有大有小，用钯环和穿钉把排与排连接起来，场面甚是壮观。

早年间，北极村下游的开库康是木材编排的重要码头。从大兴安岭林区采伐下来的木材，在此集中编排后往下游流送，经察哈彦、呼玛、张地营子等沿途码头，流送到黑河。有时，流送的木排铺满半个江面，首尾相连，蜿蜒数里。木排从黑河出水上岸，再通过公路，用汽车运送到哈尔滨。还有一条江道，就是沿松花江木排逆流而上，至双鸭山、佳木斯，直到哈尔滨，出水上岸，再通过火车发往各地。

木排流送过程中，常有皮货商上排，收购山货。他们知道，那些木排上的排工手里，会有从山里带出的许多野东西。

自二〇一四年起，黑龙江、内蒙古、吉林等省区全面停止天然林商业性采伐后，木排流送渐渐停止。江面上，再也见不到放排的场面了。

每年十月下旬，黑龙江就进入了冰封期。冰封是个渐进的过程——冰，结了化，化了结。突然，西北风一吹，寒流袭来，咔嚓一下，江面就彻底封住了。

早年的冬天，马爬犁是北极村伐木工人倒套子的主要工具。冰封的江面上，任由马爬犁驰骋，马爬犁为林区木材生产立下了汗马功劳。

然而，光荣消歇，再也不用马爬犁倒套子了，马爬犁便闲置了。后来，村里脑子灵光的人就用马爬犁载客，在江面上，在林海雪原里，观光赏景，倒也蛮有意思。一张马爬犁一个冬天下来，能创造一两万元的收入。闲着也是闲着，有钱赚总比闲着强呀！

别人家一看，这东西能赚钱，也搞起来。一家一户各自为政，为了揽客，互相压价。张家一百元一次，韩家就八十元，徐家就六十元。高威一看这样不行，就成立了马爬犁协会，家家都是会员，统一定价，统一安排载客。四十八张爬犁都是一个价格，收益四十八家平均分配，避免了恶性竞争。

如今，北极村人的生活，已经跟鳇鱼没有任何关系了。

是啊，赚钱是为了活得更好，而幸福就是找到活得更好、活得更有意思的途径。

或许，没有了鳇鱼，北极村人生活的每一天也不会有太多的落寞。太阳照样升起，大江照样奔流。

然而，鳇鱼怎么就不见了呢？这是个问题。

五

鳇鱼，与森林及生态之间存在着某种神秘的联系吗？答案是肯定的。因为物种从来就不是单独存在的，看似毫无联系的事物，其实，都是息息相关的。

历史，总是在自相矛盾中结束，又在自相矛盾中开始。没有了鳇鱼的江河，便没有了神秘感，没有了故事和传说。

但时间是最好的良药。随着林区大禁伐的实施，森林及其生态将恢复生机。鳇鱼是生物链条中的哪一环呢？我无法说清，但有一点可以肯定，它，是判断生态系统是否稳定的一种标志性的动物。

地球上的生物多样性，正在急剧下降，世界将变得越来越单一。当世界的改变速度超过物种的适应速度时，生物链条必然会面临崩溃的危险。

在我们的世界存在之前，就存在着另一个世界。那个世界就是自然。自然，是人类赖以生存的基础和条件。人类的进步和发展，靠的都是先人在认识自然和改造自然的过程中获得的灵感和动力。如今，在现代文明的进程中，科技不断进步，人类可以登上月球，进入太空，然而，生命的源泉——自然，却变得一天比一天糟糕。人类在创造奇迹的同时，是否忽略了源头呢？

在喧嚣的现代社会，人类的焦虑越来越重。人类焦虑的内因，是欲望的升腾与扩展，遭到了现实世界的挫败和否定。欲望在，焦虑就在。人类，必须节制和收敛欲望，改变自己的发展方向。

任性和纵欲是多么简单啊，内省和节制，自己对自己说不，那才叫费力呀！

然而，我们要的不是活着，而是生活。该怎样生活？这需要我们认真思考。

更需要认真思考的是，人类对那些濒临灭绝的物种该承担怎样的责任呢？或许，人类的智慧可以解决人类的智慧所引发的任何问题。

黑龙江下游的抚远小城，是一个颇具鳇鱼文化元素的边城。抚远，有"华夏东极"之称，与俄罗斯远东城市哈巴罗夫斯克隔江相望。这里有鳇鱼博物馆，有世界上最大的鳇鱼标本，有鲟鳇鱼保护协会，还有鳇鱼养殖企业。街巷、江边、船头、早市……甚至，抚远人的话题中都弥漫着鳇鱼的气息。

鳇鱼，是抚远的魂。研究鳇鱼文化不能不去抚远。

从漠河北极村回北京不久,我又北飞抚远。为了解开心底的那些疑问,也为了亲眼看看世界上个头最大的鳇鱼。

在一个细雨蒙蒙的日子,我走进了抚远鲟鳇鱼保护协会那座白色的小楼。鲟鳇鱼养殖专家袭凤祥热情接待了我。他说:"鳇鱼濒临灭绝的原因很复杂,但有两个原因是回避不了的:其一,江水污染;其二,过度捕捞。经过多年的努力,现在用人工授精的方法,鳇鱼批量养殖已经取得成功。"这个浓眉大眼的八〇后,身穿迷彩绿T恤衫,T恤衫的正面印着一个大大的数字"3"。我用手指了指,笑了。他低头看了看,也笑了。

我说:"一生二,二生三,三生万物啊!"

他说:"鳇鱼在江里重现身影,不是可能,而是肯定。"

呀!鳇鱼鳇鱼鳇鱼,在哪里?

曰归曰归,岁亦莫止。

第 4 章

大马哈鱼

等待，等待，等待，还是等待。

嘭嘭嘭！啪啪啪！终于，无数生猛的身影搅乱了乌苏里江上游江汊子里的宁静，那喧嚣的场面出现了——"达乌依麻哈！达乌依麻哈！"黑嘎爹兴奋不已，左手摁住自己的胸口，噤着，生怕喊出声来。

"达乌依麻哈"，是赫哲语，就是大马哈鱼的意思，也是谐音呢。早年，赫哲族人没有纪年的概念，而是根据大马哈鱼到来的时令，便知又是一年了。秋风起，白露到，乌苏里江江汊子里就聚满了大马哈鱼。"驱之不去，充积甚厚，土人竟有履鱼背渡江者。"瞧瞧，鱼多得当地赫哲族人可以踩着鱼背过江。

江岸上，景象更是壮观。晒干的鱼坯子摞起来，一垛连着一垛，就像劈柴垛一样蜿蜒数里。赫哲族人把大马哈鱼当马料，马要补膘的时候，就把大马哈鱼的鱼坯子捣碎，掺在草料里喂马。那马就雄赳赳，气昂昂，撒欢儿尥蹶子，有使不完的劲儿，毛色也亮闪闪的。嗯，"达乌依麻哈"——准时回来的鱼回来了。

黑嘎爹是赫哲族渔民，肿眼泡，高颧骨，额头沟壑纵横，手掌上满是老茧。一看就是个勤于劳作的人。他用木桨划着一条"威乎"，常年在这条江上打鱼。也撒网，也下缆钩，也下须笼。当然，他还是叉鱼的高手——十几米远的距离，把鱼叉抛出去，嗖——能准确命中鱼背。

"威乎"是赫哲语，独木舟的意思。一根粗壮的黑桦木，截取最好的那段，沉水下沤七七四十九天，捞出来，用凿子凿出一个凹槽。为了防止木头变形、虫蛀、腐烂，再涂上一层熬制好的大马哈鱼油，一条威乎就算做妥了，再配一支白桦木的木桨，就可划着它，下江捕鱼了。

然而，威乎毕竟太原始了。村主任建议他换一条柴油机动船，一给油门就突突突满江跑，又体面又省力气，作业效率也高，可黑嘎爹就是不换。他说，还是威乎好！

黑嘎爹住在江汊子边上一座撮罗子里，孤零零的，显得有点另类。撮罗子，是赫哲族具有原始气息的原生态建筑物。用若干根粗壮的桦木杆斜立戳在地上，顶端咬合在一起，作为骨架起支撑固定作用。然后把细一些的桦木杆斜搭铺排在骨架上，外侧覆盖一层桦树皮，相当于挂了一层"瓦片"。里侧呢，用大马哈鱼皮做内壁，保暖防寒。

高盈丈余，内阔八尺。

远观，形如未完全撑开的巨伞；近看，状若征战归来刚卸下的铠甲。

撮罗子的门不大，需猫着腰才能进去。只见，里面正中间是个火塘，火塘上方，整日烟熏火燎地烤着鱼坯子，还有一捆一捆的旱烟叶。角落有木板搭的地铺，上面铺着大马哈鱼皮。旁边摆放的是工具箱、煮奶锅、鱼叉和网具等，除了这些东西，似乎也没什么了。哎呀，不对，漏了一件现代化的东西——地铺旁边的小木柜上摆着一台半导体收音机，哑嗓子的单田芳正绘声绘色地讲着《岳飞传》呢。撮罗子虽然有些简陋，但黑嘎爹却住着踏实，安稳，睡觉香。

前几年，政府搞新农村建设，给赫哲族渔民盖了崭新的海青房（东北民居，全部用青砖青瓦构筑）。每户院内迎门处立一"照壁"，照壁正面写一个大大的"福"字。还给每家配备了彩电冰箱。不掏一分钱，白住。多温暖的政策啊！政府动员搬迁，大多数渔民都喜洋洋地搬进了新居，可黑嘎爹不搬。村主任磨破了嘴皮子，他就是不搬。

考虑到赫哲族人的传统习惯，政府主要还是采取尊重赫哲族人意愿的原则，不搞强迫，不搞"一刀切"，不搞硬性搬迁。搬有搬的道理，不搬也有不搬的原因嘛，也是可以理解的。

可是，村主任却觉得黑嘎爹不听"招呼"——想干啥呀？犯傻呀？村主任就使出狠招儿——"强行"把黑嘎爹的威乎没收，让人扛走了。咔嚓一声响，一把大锁把威乎锁进了村委会的仓库里。一下子，断了黑嘎爹下江打鱼的念头。无奈，黑嘎爹只好也搬进了窗明几净的、有彩电有冰箱的海青房。一千个不情愿，一万个不情愿呢。黑嘎爹两眼发直，人，蔫蔫的，经霜打了的茄子一般，一下没了精神。住进去不到三天就病倒了——浑身奇痒，不思茶饭，胡言乱语。这是什么病呢？

村主任赶紧跑来一看，情形有点不妙。黑嘎爹口里吐着白沫沫就叨叨两个字："威乎！"请来中医号脉问诊，也没弄清楚到底得的啥病。有人说，可能是中邪了，请萨满教跳大神的给驱驱邪吧。村主任说，都啥时代了还搞这一套？可是，又能有什么办法呢？也不能出人命啊！就摆摆手说，不妨试试吧。

跳大神的来了，满脸油彩，坠着响铃的布条条滴里当啷，手里敲着鱼皮鼓，又唱又跳，整了半天也没管用。临了，还拎走两条鱼坯子，算是出场的酬资吧。

忽然，村主任想起什么，一拍脑门儿——啊呀，差点忘了!

村主任赶紧派人把威乎扛来,搬到屋中央,指给黑嘎爹看。黑嘎爹的头动了动,睨了一下,立时,眼睛亮了。

村主任骂了一句:"一辈子就是个打鱼的命!"

村主任喊人用门板把黑嘎爹抬回了撮罗子。未出几日,没吃药没打针,病就神奇地好了。那个划着威乎的身影又出现在江面上。

江边,那座撮罗子的烟囱里,又飘出淡淡的炊烟。

万万没想到的是,后来,村里搞全域乡村旅游,那些蓝眼睛黄头发的外国游客,最感兴趣的竟是江边黑嘎爹的撮罗子。大呼小叫,赞叹不已。

这个一度差点被时代抛弃的撮罗子,竟成了赫哲族传统渔猎文化的符号,噌一下,变成了稀罕之物,变得那么有价值了。

那些年,江边那些散落的撮罗子全部被拆除了,仅存此处,仅有这一座了。村主任后悔不迭,可是,又能有什么办法呢。唉!

这天,黑嘎爹坐在撮罗子门口的一个木墩上,掏出枣木杆的烟袋,点燃,吧唧吧唧,使劲吸了两口。一缕青烟,升腾起来,扩散开去,一点一点被江面上吹来的甜丝丝的风吃掉了。撮罗子旁边的架子上,挂满了大马

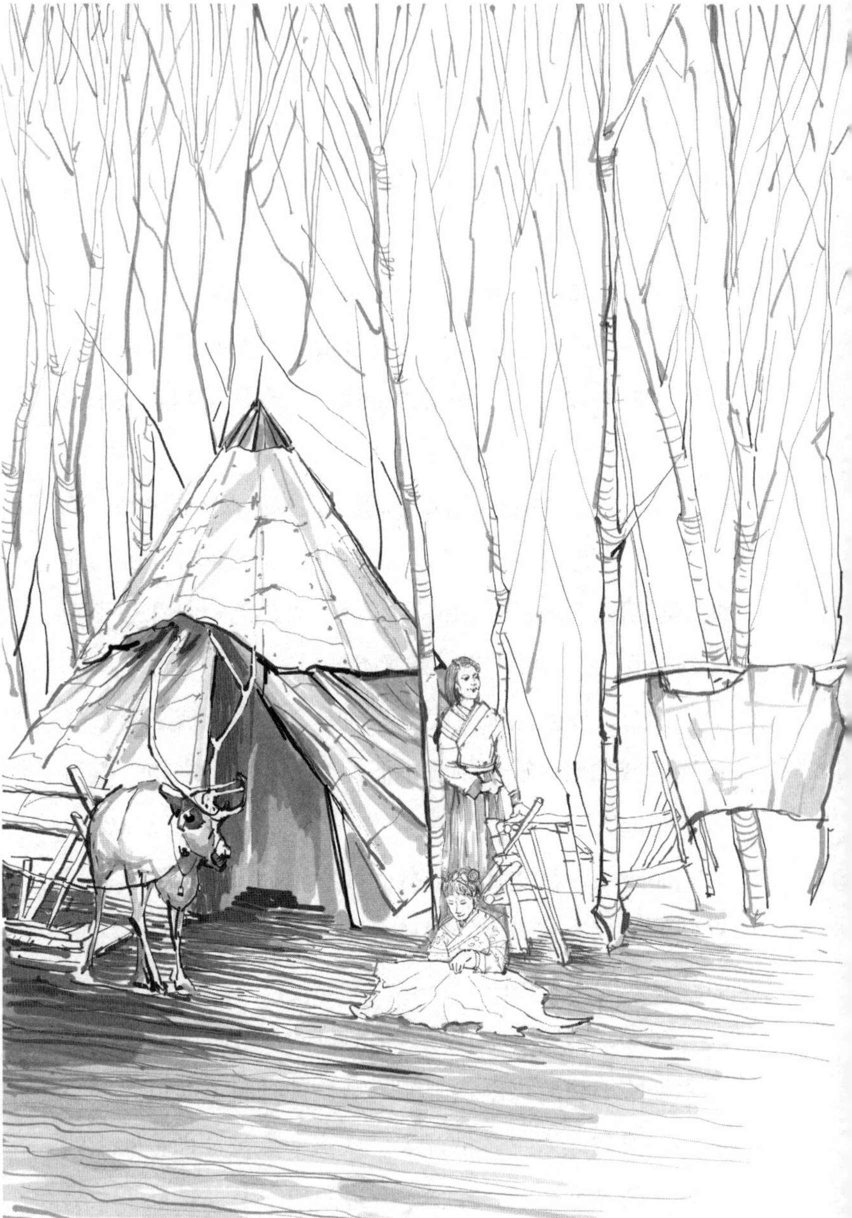

哈鱼的鱼坯子。风一吹，悠悠晃晃，晃晃悠悠。

黑嘎爹用左手大拇指摁了摁铜烟袋锅子里的烟丝，吧唧吧唧，又吸了两口。看看远处渐渐起雾的江面，看看近处满架婆娑摇曳的鱼坯子，心满意足。

可是，一个阴影罩在他的心口——有那么几年了，大马哈鱼竟谜一般没有来。这是出人意料的。怎么会呢？

一定是出了什么问题。是人蹂躏了海，还是人糟蹋了江？

"一网泥两网草，三网四网没鱼毛。"俗话说，靠山吃山，靠水吃水。赫哲族人靠江，吃的就是江，吃的就是江里的鱼。江靠不住了，有人丢下船，上岸去城里打工了；有人卷起网，胡乱抛到木障子边上，抄起镐头开荒种土豆去了。屯子里脑子灵光的人走了个精光。没走的，整天蹲在墙根儿晒太阳。

然而，黑嘎爹始终相信，大马哈鱼一定会回来的。因为，大马哈鱼是乌苏里江的魂儿啊！

江在，水在流，魂儿就不会丢。

黑嘎爹一直在岸上的撮罗子里等待。虽说手里结着网，忙着活计，但他的心思全在江里。时不时，觑一眼。时不时，觑一眼。凭江面上飞蛾聚群的反常现象，他判断，洄游的大马哈鱼就要到了。这不，说到就到了。

大马哈鱼，略似纺锤形，鱼身上有淡青色和粉紫色条纹，腹部有一明显红印。别名大麻哈鱼、达发哈鱼、麻特哈鱼、果多鱼、罗锅鱼。还有……不说了吧，一大串呢。

回到原点——从哪里开始，到哪里辉煌，在哪里终结，这就是大马哈鱼。任何东西都拦不住它，这东西真是个犟种。

海外鱼来亿万浮，
逆流方口是鳞头。
至今腹上留红印，
曾说孤东入御舟。

——这是清人描述大马哈鱼的诗。大马哈鱼主要分布在太平洋，所以也称太平洋鲑鱼。亦海亦江，只要时令一到，中国的黑龙江、乌苏里江就会有大马哈鱼逆流而上，寻找它们的故乡。有道是：奔死奔活乌苏里，死去活来黑龙江。

大马哈鱼听到了什么？有一种神秘的声音在召唤吗？

穿越浩瀚的海洋，能准确找到自己的出生地，至今科学仍然无法解释清楚。有研究说，大马哈鱼大脑里可能有一种铁质微粒,像指南针一样,能够使它们准确找到前进的方向和出生地点。然而,这毕竟是一种"可能",那个铁质微粒是否真的存在,本身就是一个谜团。

这是一次不可思议的生态循环运动。大马哈鱼把在海洋中吸收的大量营养物质带到了内陆,哺育了兽类,哺育了鸟类,哺育了森林,哺育了灌木,哺育了菌类,哺育了苔藓,哺育了地衣。大马哈鱼本身就是一个生态系统呀!

通常,它们在大海里生活四到五年后,进入性成熟期。于是,一个声音便召唤着它们——回家。这似乎不是作为个体鱼的事情,而是一个物种的事情。它们在某个早晨聚集起来,庞大的队伍,浩浩荡荡,向着一个方向出发了。

它们日夜兼程,不辞劳苦,拼死前行,由日本海、鄂霍次克海溯水而上,进入黑龙江或乌苏里江,每昼夜可行四十公里,劈波斩浪,势甚汹涌,訇然有声。不管是遇到险滩飞瀑峡谷,还是激流漩涡断崖,从不退却,一往无前。为了越过一道一道的障碍,它们不断跳跃,一次,两次,三次……跳跃高度可达两米三米,甚至四五米。

途中危险重重,它们全然不顾。在海中,海豚、虎鲸的围剿杀戮不断;在河中,棕熊、狐狸和狼的捕食更是在劫难逃。一个洄游季，一只棕熊就能吃掉两吨多大马哈鱼。还有白尾海雕、北极鸥虎视眈眈……无数食肉动物等着它们呢。它们是美味，也是脂肪。这些家伙，吃得滚圆肥硕，才得以顺利度过寒冷的冬天。有多少条大马哈鱼，命丧这些家伙的口中？数也数不清。

有无数的大马哈鱼被吃掉，但仍有无数的大马哈鱼活着，继续，继续，继续前行。它们要去完成那件伟大的事情——繁衍后代，然后死去。

这一行为，即便生物学，目前也无法给出合理的答案。为什么会这样？许多鱼类有洄游现象，而以死作为代价的洄游，除了大马哈鱼，还很难说出第二个。

大马哈鱼洄游最远的里程可达三千五百公里，持续洄游六十余天。在整个洄游旅程中，它们居然不摄入食物——这种极端的行为，令人感到不可思议。也许，摄取食物会玷污至高的目标？也许，摄入食物会扰乱圣洁的信念？

它们从出生那一刻起，就开始为回到原点做准备了——充分索食，养精蓄锐；积蓄脂肪，锻炼肌肉；强健体魄，锻炼耐力。然而，一旦洄游进入内陆河流，它们就再也不吃不喝了。我始终弄不明白——它们的能量仅仅来自体内积蓄的脂肪吗，还是它们身上本来就存在着一种我们无法看见无法感知的神力？

洄游时，大马哈鱼的体色由银白色变成了红色或紫色。逆流而行的大马哈鱼，至霜降时游至呼玛河、汤旺河、木兰达河。它们产下的鱼子，就在它们死去的地方孵化、生长。

生于江河，长于海洋。

往来生死，周而复始，一代一代。

大马哈鱼的繁殖，是它生命临到尽头最辉煌的时刻。一次生产，就可产下四千粒鱼子。其子，如同黄豆粒那么大，粒粒饱满，晶莹剔透，像玛瑙一样鲜红。

黑嘎爹说，大马哈鱼的繁殖地一般都是比较僻静的河段，水质澄清，水流舒缓，河底为砂砾地。水温在五至七摄氏度之间。雌鱼追啮雄鱼之尾不放，到达出生地时，全身已经鲜红，这是产子前的体征信号。在布满乱石的河道中，用鱼鳍用鱼尾啪啪挖出一个沟槽，雌鱼便产下鱼子，雄鱼及时释放出精子，使其受精。受精的鱼子在河水里慢慢孵化。小鱼长到足够大，就会离开它们的出生地。每当暮春时节，江河解冻，大马哈鱼幼崽，即乘流冰入海，一路前行，最远可以到达白令海峡和北冰洋。

大马哈鱼一生只繁殖一次，产子后，雌雄大马哈鱼就在鱼子旁边巡护，狠命撕咬敢于来犯者。七八天后，筋疲力尽、遍体鳞伤的大马哈鱼便会双双死去。河里布满了成千上万的大马哈鱼尸体，有些河段江段，堆积的大马哈鱼尸体长达数里,高达数尺。小鱼孵化后,大鱼的尸肉,就是它们最早摄入的食物,就是它们开始生命之旅时,最初的能量来源。——怎么会这样?我的心一阵战栗。

不能看着小鱼出生,也没有积蓄留给它们,那就双双用身体,为它们备下食物吧。免得它们一出生就饥肠辘辘。

也许,悲壮的结局能使新的开始更有力量。

大马哈鱼鱼子,营养成分甚是丰富。俄罗斯远东地区和中国东北很多西餐厅里都有这东西。

哈尔滨中央大街上,马迭尔旅馆对面,有一家始建于一九二五年的老字号西餐厅——华梅西餐厅,里面的西餐是俄罗斯式西餐。据说,那里的大马哈鱼鱼子非常地道。吃俄式大列巴时,要先用刀切下两片,然后把大马哈鱼鱼子夹在中间,吃起来才有嚼头,够劲儿。手拿列巴片时要用力捏住了,不然鱼子掉下来,噼里啪啦,满地滚。二十世纪八十年代,我在哈尔滨的一个基层法院实习时,曾在拿到一笔稿酬后邀几个同学去吃过一次,不太合口味。鱼子吃到嘴里,感觉鱼腥气太重,有点受不了。

但是,俄罗斯人似乎喜欢这东西。在我们旁边就餐的俄罗斯人,手拿刀叉,咯嘣咯嘣,嘴里嚼着一粒一粒的大马哈鱼鱼子,表情绝对舒坦。大马哈鱼鱼子酱也很美味,用它拌米饭吃,不想承认这是奢侈的味觉享受都不行。

大马哈鱼皮淡黄色,可制成衣服。赫哲族人称其为"鱼皮鞑子"。此鱼皮柔软、保暖、轻便、耐磨、防水,可染成各种颜色,阳光一照,色彩斑斓。

黑嘎爹会缝制鱼皮衣,这是黑嘎爹祖辈传下来的手艺。先将大马哈鱼的皮剥下来,在背阴处晾干,或者在撮罗子里的火塘上烘干,然后去掉鱼鳞,刮掉"赘肉",再用木榔头砸,嘭嘭嘭!嘭嘭嘭!使其柔韧,近似棉花的感觉,此为"熟皮"。这样处理过的鱼皮就可用来做衣服,做套裤,做披肩,做裙褛,做帽子和鞋子了。

这是一门手艺活儿,既费精力,又费时间。一般做一件大马哈鱼的鱼皮制品,前前后后,需要二十多天才能完成。如今,赫哲族人很少穿这种衣服了,只是一些来旅游的游客,觉得好奇,将之作为工艺品,买走收藏。据说,北京的博物馆还专门派人找到黑嘎爹,定制了一件大马哈鱼皮衣。那是黑嘎爹的荣耀呢。

某日,在俄罗斯远东城市——符拉迪沃斯托克打工的儿子黑嘎回来了,还带回来一个漂亮的克罗地亚姑娘,名叫冬妮娅。那姑娘水灵灵的,散发着一股紫罗兰的香气。她蓝眼睛,黄头发,皮肤那个白呀,跟葱白似的!

黑嘎爹慌了,悄悄跟黑嘎说,这怎么行呢?人家洋姑娘怎么住得惯撮罗子呢?你们还是去城里吧。黑嘎爹就让黑嘎带着冬妮娅走。可是,冬妮娅说,她就喜欢撮罗子,撮罗子哈拉哨(好)!哈拉哨!赶也赶不走。还一声爹爹,一声爹爹地叫着。唉,面对这么嘴甜的克罗地亚姑娘,真是没办法。

黑嘎和冬妮娅在撮罗子里说说笑笑,时而,也发出一些尽量压低的窸窸窣窣的声音。困了,就双双倒在地铺上睡着了。

当晚,黑嘎爹坐在撮罗子门口的木墩上,吸了半宿旱烟,枣木杆的烟袋握在手里,铜烟袋锅子都烧热了。吸了一袋又一袋。吧唧吧唧,吧唧。撮罗子门口,那团火星,时明时暗。天上的星星倒是清清楚楚,看着想心事的黑嘎爹。

吧唧吧唧,吧唧。眼看着头顶上的北斗七星的"饭勺子把儿"都歪了,横竖也想不出个眉目——到底想啥呢?是想起了黑嘎娘,还是想起了别的什么?他自己也说不清。

黑嘎就出生在这座撮罗子里,黑嘎娘生他时难产,导致大出血,血喷四溅。当黑嘎呱呱坠地,睁开眼睛开始打量这个世界的时候,黑嘎娘却永远闭上了眼睛。

一天晌午,江上的空气很闷。黑嘎爹正划着威乎起缆钩，一连起了五个钩了，钩子上却空空如也。怪了，怎么没有一条鱼上钩呢？突然，江对岸的白桦树森林里，传来断断续续的呼救声：救——救命啊！救命！是个女人的声音。黑嘎爹丢下缆钩，掉转威乎赶紧往对岸划，用力，用力，再用力，最后使劲一划，威乎靠了岸。黑嘎爹抄起木桨，疾风般向森林里冲去。

救——救——救命啊！接着，是呜呜呜的呻吟声。怎么只闻声音未见人呀？黑嘎爹腾地收住脚步，立时瞪大了眼睛。只听嗷的一声吼，一只黑瞎子呼地立在他的面前，脖子上的那撮白毛都看得清清楚楚。那呼救的女人被黑瞎子坐在屁股底下，正痛苦地呻吟着呢。说时迟那时快，黑嘎爹抡起木桨，照着黑瞎子的嘴巴狠狠打去——啪！木桨顿时炸成数段，飞入灌木丛。而黑瞎子嗷地大叫一声，疼痛难忍，逃之夭夭。

黑嘎爹一看，那女人的鼻子被黑熊的屁股坐塌了，成了"朝天鼻"。脸上全是血糊糊，已经奄奄一息。黑嘎爹来不及多想，弓腰把女人背到背上，一路小跑着，就把女人背回了撮罗子。早年间，黑嘎爹在完达山深山老林里采的"还魂草"，这回派上了用场。三天后，那女人醒了说，我怎么会在这里？大哥是你救的我吗？一照镜子，发现自己成了塌鼻子的女人。嘤嘤嘤！她大哭起来。

女人老家在四川洪雅，是被人贩子拐卖到乌苏里江

大马哈鱼　95

边一个屯子里，给一个哑巴当媳妇的。女人性子烈，当知晓真相后，就趁进林子里采蘑菇之机，逃了。哪知在森林里迷了路，还偏偏遇上了黑瞎子。嘤嘤嘤！嘤嘤嘤！眼泪哭干了，女人就不再哭了。剩下的问题是去哪里？怎么活下去？

你有女人吗？

黑嘎爹摇摇头。

碰过女人吗？

黑嘎爹摇摇头。

你嫌弃塌鼻子的女人吗？

黑嘎爹摇摇头。

想要我吗？

黑嘎爹点点头。呼吸急促。

我要你要我——要吗？

黑嘎爹点点头。呼吸急促，腿有些抖。

别碰鼻子，别的地方都给你。

黑嘎爹点点头。呼吸急促，腿有些抖，体内有一股莫名的东西迅速往上蹿。

要留个种吗？要是带把儿的就叫黑嘎吧。四川洪雅老家我出生的那个村子叫黑嘎。

黑嘎爹呼哧呼哧喘着，点点头。嗯，黑嘎。

后来，那个女人就成了黑嘎娘。

日子，总得一天一天地过，好是过，孬是过，不好不孬也是过。然而，撮罗子里有了女人，那过的日子才是日子呢。

唉，不想不想，怎么又想起这些？黑嘎爹的眼睛有点潮。

黑嘎爹收起枣木杆的烟袋，把铜烟袋嘴儿一端往后衣领子里一插，鱼皮烟口袋坠在胸前，当啷着，悠荡悠荡。他干脆把威乎的缆绳解开，哗哗哗！下江捕鱼去了。

黑嘎和冬妮娅在黑嘎爹的撮罗子旁边，搭建了一个更大的撮罗子，开了一家江鱼馆，取名"撮罗子江鱼馆"。江水炖哲罗鱼、红烧江白鱼、咸鱼贴饼子、酱烧大马哈鱼——这四道菜，很快便闻名遐迩了。

冬妮娅有一双巧手，从江边采来许多野生蓝莓，找来坛坛罐罐，自己酿制出了蓝莓酒，芳香扑鼻。还弄来四箱土蜂，养土蜂割蜂蜜。蜂蜜是椴树蜜，白蜡一样的白，又稠又黏又甜。某晚，竟引来两只黑瞎子光顾，围着撮罗子转圈圈，企图偷吃蜂蜜。幸亏黑嘎爹早有防备，一则在蜂箱外加装了铁栅栏，黑瞎子嘴巴根本伸不进去；二则在铁栅栏外面放了几穗玉米棒子，故意让黑瞎子偷走。黑瞎子得手后，就不再纠缠了。

黑嘎和冬妮娅还抡着镐头，在江边开辟出一小块菜田，种了豆角、黄瓜、小葱、芹菜、莴苣、大头菜和西红柿等，自产自用，其乐陶陶。

自然，撮罗子江鱼馆，人气很旺，生意很好。

距离不是问题，只要有美味。佳木斯、绥芬河、同江、抚远、饶河、虎林等城市里的许多人特意开车来吃鱼。当然啦，也顺便瞄一眼，那个克罗地亚姑娘——冬妮娅，到底有多漂亮呀！

不久，江边立起了一座移动发射塔，在撮罗子里也能上网，手机也有信号了。于是，黑嘎和冬妮娅不仅经营着鱼馆生意，还做起了互联网生意。网店名曰"撮罗子网店"。网店里卖得最火的东西，就是大马哈鱼鱼子酱和冬妮娅酿的野生蓝莓酒及椴树蜜，还有就是黑嘎爹缝制的鱼皮制品。订单一个接着一个。黑嘎爹感叹，世道真是跟过去不一样了。

一条江汊子的浅滩上，水流湍急。

一对大马哈鱼在急流中露出了伤痕累累的脊背，双双的嘴儿钩子般，全身暗红。一条鱼的嘴巴咬着前面那条鱼的尾巴，皮开肉绽的身体扭动着，击打着水流，嘭嘭嘭！啪啪啪！冲过了那道浅滩。

突然，一个黑影在岸边的灌木丛中晃了一下，就隐了。接着，灌木丛一阵乱抖，惊起来两只花尾榛鸡，咕咕咕——咕咕咕双双飞往森林的深处。原来，那个贪吃的家伙早嗅到了大马哈鱼的气味，已经在此等候多时，此刻，它出场了——黑瞎子。

然而，出乎意料的是，大树后矖地跳出两个人来，锋利的鱼叉拦住了它的去路。黑瞎子嘴里呜噜呜噜地叫着，收住了脚步。那鱼叉并没有伤害它，叉尖上反倒是甩出一穗玉米棒子，落在它的面前。黑瞎子也出奇地乖顺，叼起那穗玉米棒子，转头看了看江汉子里的大马哈鱼，悻悻然离去。

终于，那对大马哈鱼在一处乱石横生的水域停了下来，一个声音告诉它们，此处就是它们出生的地方，此处就是它们的家园。真是令人百思不得其解，它们千里万里逆水而行，历经重重艰难险阻，无数同类为此丧命，难道要回的家，就是这一堆乱石所在的浅水滩？就是这几根横七竖八的水草扎根的水域？

啪啪啪！嘭嘭嘭！大马哈鱼用力挖着沟槽。是的，应该就是这里了。

"赶紧叉吧！"黑嘎心急地说。

黑嘎爹："嘘！不急。再等等。"

他蹲在水边，掏出枣木杆的烟袋，往铜烟袋锅子里装了一锅子旱烟丝，点燃，吸了一口，吧唧，再吸，吧唧吧唧！噗——！一口烟雾吐出去，立时，有只蚊子蹬蹬腿，一命呜呼了。

大马哈鱼

嘭嘭嘭！啪啪啪！沟槽开好了！两条鱼身体挨着身体，互相依偎着，眼神温暖，充满爱意。我们无法知晓，大马哈鱼之间，肢体动作传递的是什么信号，但可以肯定，那最重要的时刻就要来临。

只见，雌鱼身体颤抖一下，一股黏液包裹着的鱼子喷射出来，喷射到石砾上，水草上，枯木上。雄鱼立即上前，快速把精液喷到鱼子上去。成功了！它们欢呼跃动，几乎是耗尽了所有力气。至此，那创造生命的伟大壮举就算完成了。仅仅几秒钟呀！

黑嘎爹在一块石头上磕了磕铜烟袋锅子，噗噗，又用嘴吹了吹余灰，干净了。烟袋插进鱼皮烟口袋里，大半截枣木杆及铜烟袋嘴儿露在外面。鱼皮烟口袋扎紧，收起来了。

黑嘎爹站起来，不紧不慢地抄起鱼叉，往水里猛地戳了一下，嗖！一条大马哈鱼被甩到了岸上，又猛地戳了一下，嗖！另一条大马哈鱼也被甩到了岸上。两条鱼并不挣扎，只是嘴巴咔吧咔吧的，一张一合，一张一合。黑嘎上前，把两条鱼装进鱼篓。鱼篓里啪啦啪啦响了两声，就再也没有动静了。

"唉，你媳妇冬妮娅刚生孩子，需要吃这东西补补！"
"嗯！"
"收拾家什。"

"嗯!"

"走,回家。"

"嗯!"

一个扛着鱼叉,一个提着鱼篓。江边小路上,一前一后,两个身影一晃一晃的。远处,雾霭中的撮罗子,隐隐约约。

蒿草上的露水,忽地就湿透了脚面。接着,愈加嚣张的大雾弥漫开来,罩住了江面,罩住了江汊子,罩住了草甸子,罩住了江边的撮罗子。

一切寂静无声。只是偶尔,大雾深处挤出几声嘶嘶的虫鸣。

第 5 章

且说阿尔山

头一次来阿尔山的人很容易发蒙。怎么回事呢？因为阿尔山有两个概念。其一，阿尔山林业局；其二，阿尔山市。如此，到阿尔山办事一定要搞清楚，是去阿尔山林业局呢，还是去阿尔山市里。二者虽然都有"阿尔山"三个字，却是两回事。

一个是林区概念，一个是行政概念。

在行政版图上，阿尔山市就是阿尔山市；而阿尔山林业局就有点复杂了——它成立于一九四六年，地跨兴安盟阿尔山市、呼伦贝尔扎兰屯市和鄂温克族自治旗。管理和经营的生态功能区近五千平方公里，森林总蓄积量四千八百余万立方米。此外，有人工造林面积一百多万亩。站在高处远望，好家伙，林海茫茫，云雾缥缈，一眼无边啊！

在地理上，阿尔山是一座山吗？可以肯定地回答——不是。阿尔山有山，比如，三角山、玫瑰峰、特尔美峰，但阿尔山不是山，也不是峰。阿尔山是什么呢？阿尔山是热的圣水，或曰热的圣泉。这不是我说的。"阿尔山"是蒙古语，翻译过来就是这个意思。在阿尔山通行两种语言文字，一则，蒙文；一则，汉文。

水就是水，泉就是泉，何谓圣水？何谓圣泉？

在中国古代的文字中，"圣"字可不是随便用的，它是有特别的含义特别的讲究的。跟圣字发生关系的事物，一定是超凡脱俗的。从等级来说，圣为最受尊崇的等级，就是最高等级了，再往上没有了，封顶了。所以，孔丘被称为孔圣人，帝王被称为圣上。按照这样的思路和逻辑，阿尔山的圣泉圣水，在水中是怎样的地位和等级，就不用我说了吧。

可是，阿尔山的圣泉圣水从哪里来的呢？地下！往大了说，是从地球母腹中咕嘟咕嘟往外冒出来的。

时光倒转，几百万年，几千万年，几万万年，那热气腾腾的泉水，总是欢歌酣畅，日夜不舍，喷涌不歇。

然而，地下的事情从来都是跟地上的事情相连的，圣水也不例外。水润万物而不争，但是不争的水，并不意味着是永不枯竭的。阿尔山之圣水，需要地球母腹的不断创造，也需要大兴安岭森林的持续涵养。

因此，阿尔山林业局的存在，就被赋予了特别的使命和意义。

阿尔山林区及其生态地位有多重要呢？看看地图就清楚了——阿尔山林区位于大兴安岭主脉西南麓，与蒙古国接壤的国境线就有八十三公里，是呼伦贝尔草原、锡林郭勒草原、科尔沁草原和蒙古草原这四大草原的交会处，分布着松叶湖、杜鹃湖、石兔湖、鹿鸣湖、松鼠湖、眼镜湖和乌苏浪子湖等天然湖泊。阿尔山林区还是哈拉哈河、伊敏河、柴河等河流的源头，广袤的森林涵养着饱满的水脉，汩汩滔滔，奔流不息。

缪尔说，森林是河流的源泉，也是生命的源泉。

在草原与森林的边缘究竟藏着怎样的秘密呢？森林与人类是一种什么样的关系呢？

——当你看到在森林与森林之间，那些童话般地晒着太阳的草卷儿；当你看到落叶松、蒙古栎投映在哈拉哈河中清晰的倒影，答案便会一一呈现。

在阿尔山林区，举目所见的植被，并非都是乔木，也有大片大片的沙棘。沙棘是灌木，不是阿尔山林区的原生植物。阿尔山林区种植的沙棘叫大果沙棘，是从俄罗斯引进的。此种植物根系发达，衍生能力强，具有耐寒耐旱、抗风沙的特性。它性格坚韧，不屈不挠，能阻挡风沙，防止水土流失，也能护坡护岸，涵养水源。

"培植唯勤"，阿尔山林区人对每一丛沙棘的照料，都格外细心。

退耕还林工程实施以来，阿尔山林区人工种植沙棘已有六万余亩。林地空间还套种了蒲公英、赤芍、黄芩、黄芪、蓝靛果等药用植物。林区朋友张晓超说，蒲公英头一年种下去，次年就能有收益。

张晓超说："阿尔山林区有一千多种植物，怎么可能找不出做茶的植物呢？我们找到了，那就是黄芪、黄芩和沙棘叶。我们请来做茶大师试做了一些茶，证明了黄芪、黄芩和沙棘叶都是可以做茶的。这里的沙棘，两年挂果，三年后就可进入盛果期，收入将相当可观。沙棘果精深加工后，可以开发出沙棘果汁、果油、籽油，以及和化妆、保健相关的系列产品，小灌木也能创造大产业。"说起沙棘，张晓超信心满满。

其实，沙棘果除了食用外，还有更神奇的药用价值。

沙棘是我国蒙药中的传统秘药。牧民每年冬季把沙棘果采回家，放在坛子里，加少许砂糖，密封保存。家人或亲友遇到患伤风感冒、咳嗽哮喘、跌打损伤等疾病时，每次舀一小勺喝下，有很好的疗效。

据说，成吉思汗在蒙古草原征战时，发现了沙棘的特殊药用价值，病弱的马食用了沙棘，便可迅速恢复体

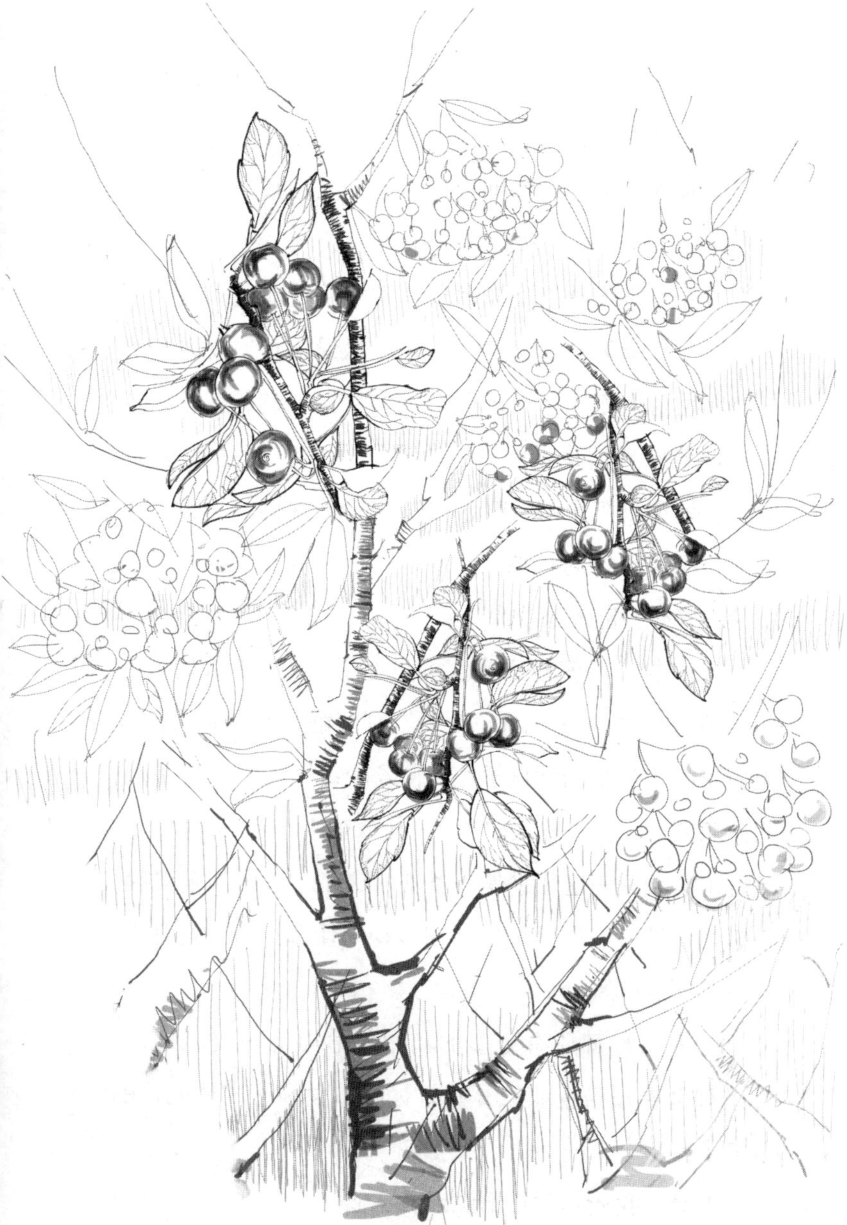

力，甚至精神百倍，毛皮发亮。他便让御医将沙棘制成补品，自己服用，强身健体。成吉思汗年过六旬甚至还能弯弓射雕，或许与长期食用沙棘不无关系。古希腊人给沙棘起的拉丁名的含义是"闪光的马"。

沙棘的药用价值是通过科学家实验验证的。现代医学证实，沙棘果含有多种维生素、微量元素、氨基酸和其他生物活性物质。其所具有的药用及保健功效涉及心脑血管系统、消化系统以及外伤、炎症、抗癌等方面。从沙棘果中提炼出的沙棘油是一类天然保健品。沙棘油可使高血脂患者的甘油三酯和胆固醇下降，对预防心脑血管疾病有一定效果。

在日本，沙棘被誉为"美瞳之果"。日本人研究发现，沙棘果中的总黄酮、叶黄素有缓解视疲劳和保护视力的作用，日本的女孩子尤其喜爱沙棘保健品，"黄灿灿的沙棘果，水汪汪的大眼睛"。什么东西女人一喜欢，肯定有市场。——这几乎是一条铁的定律。韩国人未嚷嚷，却悄悄地进口囤积。他们要用沙棘干什么？韩国人嘴严，一点儿未漏口风。

也许，沙棘还有更多的利用价值尚待开发，据说，已经有世界知名企业家开始打量阿尔山林区成片成片的沙棘了。

谁呀？我还是暂且不说出名字吧。

不能不说说阿尔山的森铁。

一九五三年，阿尔山林区有了大兴安岭头一条自己的森林铁路。伊尔施至大黑山，首站伊尔施，尾站大黑山，中间设有七个车站，分别是安全站、苏河站、新站、四十九站、天池站、大黑沟站和兴安站（阿尔山站），森铁线路全长七十多公里（后主线、支线及侧线延伸至六百公里）。阿尔山林业局成立了森铁处，森铁处下设调度室、总务股、财务股、劳资股、运输股、安全股、机务股、检修股、工务股等部门。当时，森铁拥有干部职工四百七十余人，有段长、站长、值班员、调车员、扳道员、巡道工等等。

说起森铁，林区的另一个朋友张金河兴致颇浓。从小就在扎兰屯蘑菇气长大的张金河说："我小时候就熟悉森铁，当年的机车都是老式外燃蒸汽机车，蒸汽产生动力，机车才能行驶。蒸汽机车看起来很笨，但力气大，装上一座山也能运走。"

张金河是一名林区摄影家，收藏了许多老照片。张金河说，森铁机车一般是自重二十八吨的"大脑壳"蒸汽机车，最高时速达三十五公里，常速二十五公里。机车内一般有正副司机各一人，司炉两人。司机叫大车，副司机叫大副，司炉叫小烧。

张金河告诉我，二〇一九年十月，九十五岁的兰文华老人回到了阿尔山林业局。林业局请老人专门做了一场报告——忆森铁话当年。兰文华声音洪亮，讲述的故事生动感人。听完报告后，听众全体起立，为他送去热烈的掌声。兰文华是阿尔山林区的第一代森铁人。一九五三年，在森铁当修理工期间，他利用废料，改造台车，改变连接器，提高了生产效率。一九五四年四月，他还带领徒弟成功研制出了二十八吨大脑壳蒸汽机车，创造了森铁自行研制机车的先例。兰文华曾经被授予"全国劳动模范"称号，还作为林区青年代表，参加了中国劳模代表团，到苏联莫斯科访问。

张金河说："那个年代，能在森林小火车上工作是很风光的事情。因为森铁人是挣工资的，还有劳保待遇。地方上的人都愿意跟森铁人攀亲戚，姑娘找对象也愿意找森铁人。"

阿尔山彻底告别旧的一切，代之以白楼红瓦的建筑，荆花热烈拥抱街巷，成为古典与现代风格结合，并具有浓郁文化氛围的特色城市。

阿尔山的机场不在阿尔山，而在伊尔施。如果是乘飞机来阿尔山办事，必经伊尔施，绕是绕不过去的，因为有哈拉哈河拦着呢。下了飞机出机场，去阿尔山有多远呢？粗略算一算，机场距伊尔施仅有两公里，拐过一座山，就到了；伊尔施主街全长五公里，伊尔施距阿尔山十八公里——这样算起来，机场距阿尔山市区二十五公里。说远不远，说近也不近吧。总而言之，跟那些闹心的大城市比，还是近呀。

早先的早先，伊尔施是驿站，始于元朝。元朝的驿站制度相当完备，一条长长的驿道横贯欧亚。元代管理驿站的中央机构叫通政院，驿站有马站、牛站、车站、步站之别。大兴安岭山高林密，气候寒冷，往往使用狗拉雪橇传递公文，所以伊尔施驿站又称狗站。

最初，伊尔施驿站有站民二十户，狗两百只，雪橇若干辆。冬天，大雪封山，但驿道不能断绝——冬月驾雪橇，乘二三人或行冰上，或行雪上，以狗驾拽，疾行如马。

雪橇多用蒙古栎制作。蒙古栎韧性好，不翘、不裂、耐磨。"其制轻简，形如船，长一丈，阔二尺许，以数狗拽之。"除了传递往来的公文，伊尔施驿站，还承担着传递边防卫所向朝廷"岁贡海东青等物"的任务。

后来明清两代，伊尔施驿站功能继之。至民国年间，伊尔施处于政权真空状态，驿站便渐渐不用了。

二十世纪三十年代，随着日寇魔爪的入侵以及阿尔山林区采伐业的兴起，哈拉哈河水运流送木材兴盛起来。

且说阿尔山

由于地理位置特殊，伊尔施便渐渐成为木材集中的楞场和贮木场，一个楞垛连着一个楞垛，木材堆积如山。

阿尔山林业局机关在此落户后，伊尔施成了林区小镇。然而，早年间，林区的主要任务是生产木材，对于民生问题重视不够。林区职工住的房子多为临时建造的板夹泥住房，也有木刻楞，也有撮罗子，也有地窨子。经年累月，透风漏雨，破败不堪。那些房子被统称为"林区棚户房"。

前些年，国家拿出专项资金，对"林区棚户房"进行改造，林区职工都住进了楼房，统一供暖。家家再也不用劈木头样子，为备足柴火和怎样熬过冬天发愁了。

伊尔施正在全力打造"荆花温泉康养特色小镇"，未来的伊尔施，将成为旅游康养度假胜地。无疑，荆花是阿尔山林区的标志性植物。荆花，也称山荆子、山丁子，是一种似灌非灌的小乔木，高可达五六米。山荆子的树枝暗褐色，叶互生，叶片边缘有细锯齿。一般在六月开花，花形如伞，一簇四至六朵，花白色，抑或淡红色。果子近球形，红色或黄色，粒粒饱满，美艳无比。果子成熟期在九月至十月，一嘟噜一嘟噜的山丁子果缀满枝头。此间，从早到晚，鸟儿高兴得叫个不停，蜜蜂忙着采蜜不歇。如此这般，山荆子又被称为鸟的"粮仓"，蜜蜂的"蜜罐子"。在阿尔山林区，山荆子随处可见，特别是哈拉哈河岸边和深山沟子里。

具有世界眼光和超前意识的张晓超告诉我们，哈拉哈河岸边贮木场的旧址上，将建一座林区文化博物馆。大木头时代的那些伐木工具和作业防护用品——大肚子锯、歪把子锯、抓钩、压角子、卡尺、抬杠、皮大衩、垫肩、手闷子等，将统统被"请进"博物馆，供人参观，让后人了解林区的历史和过去，让他们知晓父辈们为了今日的幸福生活，付出了怎样的代价。

是的，我们在伊尔施的那些日子，看到的最多的就是挖掘机、推土机、压路机、装载机、脚手架和运建筑材料的卡车。伊尔施原本只有一条老旧的街道，而未来将有四横八纵通向四面八方的道路。所有项目已经全线开工，我相信两三年内，一个崭新的伊尔施将在大兴安岭林区呈现出更多的意外和惊喜。

第 6 章

林老大话当年

林区的第一代开发者,现在大都已经是退休或临近退休的年龄。当年,他们是怀着革命的理想和远大的抱负来到林区的,他们对冰雪和森林的认识,自然与现在的年轻人的认识大相径庭。

冰雪和森林中曾经有他们的血与汗,困苦与豪情,疲惫与坚忍。

他们对冰雪和森林的眷恋之情是现在的年轻人无法理解的。在无法抗拒的命运面前,生命在这里显得如此无助而茫然。

他们的眼神多半是忧郁的,然而,当我同他们谈起森林,谈起当年的事情时,他们的眼神里却闪烁出兴奋的光芒。

牛绍祥（67岁，绥棱林业局离休干部）

来林区之前，我在吉林省泰来区（现黑龙江省齐齐哈尔市泰来县）政府工作。有一天，单位领导把我叫去，说是国家正在开发小兴安岭林区，需要干部，组织上安排我到那里工作。次日，我背着行李，怀里揣着区政府的介绍信就登上了开往林区的火车。

刚到林区时，我做记账员并负责采购伐木工人的劳保用品。那时林区的生活艰苦，吃的是高粱米、咸豆儿，猎到一头野猪，吃顿野猪肉，算是解馋了。穿的服装许多都是苏联红军留下的，用的饭盒和炊具都是日本的东西。伐木的工具是大片斧、弯把子锯和大肚子锯。不同的季节有不同的伐木方法。倒套子用的是马拉牛拖。现在看马拉牛拖笨是笨了点，但有利于作业现场幼树的保护。用拖拉机集材，快是快了，但一祸害就是一大片，拖一棵树，毁了几十棵幼树，看着让人心疼。

唉，还说当年吧，归楞用的是卡钩，八八的，六六的，那时的木头那个粗那个大呀，现在见不着了。八八的就是左边八个人、右边八个人才能抬起来的木头，六六的就是左边六个人、右边六个人才能抬起来的木头。现在呢，现在的木头有的一个人扛起来就能走。那会儿的木头都是上等的水曲柳和红松，大部分都是军需用材，做枪托、炮弹箱、枕木、坑木什么的。

林区的工资高，待遇也好。我当时的工资与绥棱县县长的工资差不多。地方上的人都愿意同林区人攀亲戚，姑娘找对象也愿意找林业工人。

那会儿林子密得很，光听到里边的喊声，人就是转不出来。林子里有黑瞎子、狼。晚上躺在工棚里睡觉经常听到林子里的狼嚎，黑瞎子也老是来扒门，一闹腾就是半宿。刚开始大家都很害怕，后来慢慢地也就习惯了。

深山老林嘛，就该有这些东西。

高兴东（68岁，绥棱林业局退休工人）

我参加过抗美援朝，当志愿军在朝鲜打过两年仗。一九五二年转业来到绥棱林业局。这儿是一九四八年建的局，之前是营林署，日伪建的。他们是掠夺式采伐，哪个好采哪个，把好木头都运到日本去了。

大规模的开发，还是绥棱建局以后，最辉煌的时期是六十年代，采伐木头最多的年头采伐量可达五十多万立方米。

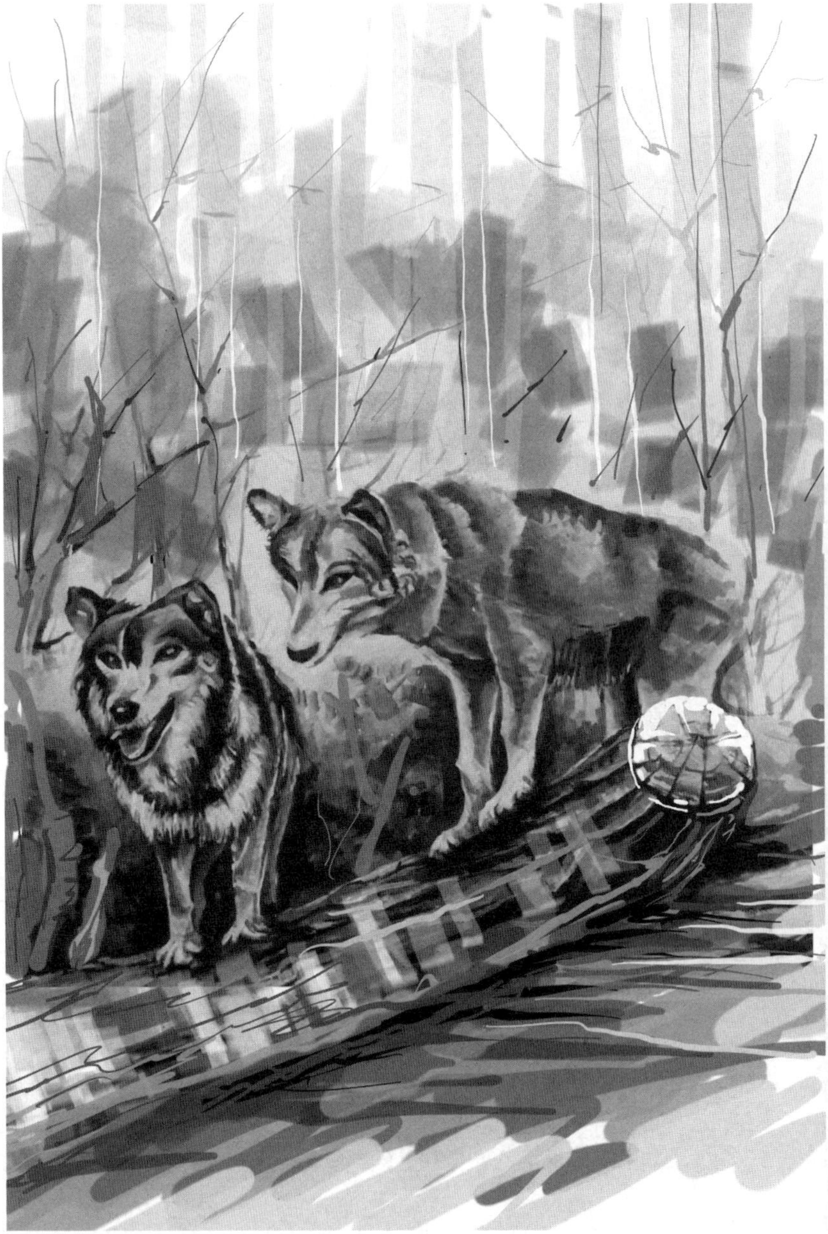

现如今你再去林子里看看,哪儿还有什么可采的树啊!

郁玉兰(66岁,桦南林业局大肚川林场已故职工唐毕高的妻子)

我同我们那口子来林区是一九五五年。那会儿,这里到处是林子,没有人烟。我们是从江苏淮安来的,我家就住在周恩来总理故居的对面。我老头那会儿当集材拖拉机手,说是林区的钱好挣,就回家把我接来了。哎哟,刚来时那个不习惯呀,睡火炕,吃酸菜……可把人愁死了。我就整天哭,眼泪都快哭干了,闹着要回淮安去。可我老头儿说什么也不让我回去。不知道他从什么地方弄来一把二胡,晚上就给我拉曲儿。我的老头儿对我特别好,后来,我也就不闹了。

白天,老头儿开拖拉机到林子去集材,我就在草棚子附近开荒种地,种大豆,种萝卜,种玉米。有一年秋天,我收玉米的时候,黑瞎子钻进玉米地,把我吓得要死,幸亏我老头儿开拖拉机回来,才把那黑瞎子吓跑。不然,我早就没命了。

我有四个孩子,三个都离开林区到外地工作了,身边只有老儿子,现在在林场当护林员,儿媳妇是附近村里的，挺贤惠的，从来不跟我顶嘴，小孙子已有半岁了。

王志诚（59岁，桦南林业局大肚川林场职工）

我是一九五九年从山东梁山县来这里的。梁山县属于黄河泄洪区，国家要治理黄河，就把我们给移到林区来了。我从一个农民，一下子变成了林区工人，觉得特别荣耀，挣工资的感觉跟农民种地的感觉可不一样。我当时是伐木工，玩命地干活，当时就一个想法：树砍得越多，给国家做的贡献就越大。

砍着砍着就到了一九八四年，就觉着砍不下去了，没得可砍的了，树越来越少了。现在整个林业局的木材产量也赶不上那会儿一个林场的多。

林子没了，野生动物也就没了，就连狍子、野猪也很少见到了。那会儿可不一样，种一片玉米，到秋天也收获不了几粒，都让黑瞎子、野猪给吃了。

……

我是怀着一种敬意来采访这些当年的林老大的。林区不是他们的故乡，但他们一生的大部分时光都是在斧锯之声中消逝的。当日渐残破的森林拖着疲惫的影子退出他们的视线,他们才意识到自己的根并不在这里,只是他们杂七杂八的口音中已带有浓浓的松树油子味。

近年来,他们的思乡之情越来越浓烈,然而,省亲之后他们又多半打消了返乡的念头。

因为,家乡的人早已把他们视为林区人,家乡的土地上已没了他们可耕的田、可以生存的空间。

唉——除了长长的叹息,还能有什么?

第 7 章

告别棚户区

往好听了说,棚户区是林区的特色。往糟糕了说,棚户区是林区的疮疤。

早年间,木刻楞、板夹泥房子、地窨子、撮罗子、马架子、草泥拉合辫房子……在林区满目皆是。林区人编的顺口溜是这样描绘自己房子的——

> 草苫房顶,
> 报纸糊墙,
> 四面透风,
> 摇摇晃晃。

> 塌着腰,拄着棍,
> 滴滴答答漏着雨。

外面雨，里边雨，

外面下一片，里面下一串。

林大头，林大头，真是林大头啊！过去日子好过的时候，怎么就不知道多盖房子，盖好房子呢？林区的木头不是多的是吗？堆起来就是一座山，躺下去就是一片海。

唉，林区人实诚，那时心里只装着国家，并没有在意小我的利益，没想到日后会两手空空。当然，这是比较体面的说法。如果往林区人自己身上找原因，就是传统的"将就"观念害了自己。长期以来，伐木工人在一个地方从来就干不长，在一个伐区干上一两年就得转场，只采不育，人跟林走，住处都是临时搭建起来的简易棚屋，根本就没做长远考虑。

在大兴安岭林区，棚户区的改造任务相当重。共有七万七千五百户、三百八十八万平方米的棚户区需要改造。这个数字不是个小数字，那得真金白银填进去才能改造呀。一算账，林区自己得拿出一大笔配套资金。开会研究时，大家面面相觑，一脸茫然。但这是国家的"民生工程""惠民政策"。棚户区改造国家大头都出了，自己还吝惜什么？不能坐失机遇，被"这班车"丢下啊！

林管局硬是筹措了四个亿。棚户区改造如期进行。挖掘机、铲车、大吊车……日夜在棚户区改造的工地上忙碌着。安国通抽空就到工地上转转,虽不言语,但施工人员看到他的身影便感受到了一种无形的压力。仅仅用了不到两年的时间,林区就有一万两千七百户三万多职工群众告别了棚户房,住进了新居。

图里河林业局西尼气林场的居民新居统一建了门斗、仓房,挖了地窖,打了水井,安装了防盗门、实木房门、塑钢窗。刚开始职工不相信这些辅助设施都是免费安装的,每天到施工现场去打听,后来得知这一切都是真的的时候,大家喜不自禁。一个年过六旬的老人买了个大西瓜,步履蹒跚地送到施工人员手中,表达自己感激的心情。

那天中午,我们随机走进了西尼气林场职工邓旭的家,他和爱人尚国锋正在院子里擦摩托车,见我们来访,赶紧拉我们进屋喝茶。邓旭的话不多,只是咧着嘴巴乐,他爱人尚国锋倒是快言快语。

尚国锋(一九七一年生,图里河林业局西尼气林场筷子厂职工)

我们原来住的是四十平方米的板夹泥房子,冬天老冷了,炕怎么烧都不热,泥墙四处透风。我们冬天在家里从来就没穿过拖鞋，冻脚啊！一下班，就用被子把脚裹上，手放在火盆上烤。焐暖了，烤暖了，才能做饭。去年棚户区改造，板夹泥房子扒掉了，我们分到了这套砖瓦结构的平房，安装了节柴灶，循环供热，冬天屋里暖烘烘的。我特意去镇上的超市，买了几双拖鞋，这回冬天在家里也可以穿拖鞋了。我们的小日子过得不赖，我每月除了上千元的工资，采山货的时节，厂里还放假，鼓励我们去采山货。我们这里木耳、蘑菇和金莲花多的是，一个秋天下来，采的山货少说也能卖个五六千元。金莲花一斤卖二十五元，榛蘑一斤能卖一百元呢！我是采蘑菇的高手。晚上在我家吃饭吧，我给你们做小柴鸡炖蘑菇。

看得出，两口子对分得的这套房子和眼下过的日子相当满意。不然，向来勤俭持家的尚国锋怎么会舍得做小柴鸡炖蘑菇呢！我笑了，说，你那小柴鸡还是留着下蛋吧，我们还要去别人家里看看。

接着，我们走进了林场管护队队员王继成的家里。王继成原来当司机，给林场开卡车拉木头，大木头时代，开卡车的司机神气得很。他爱人丁淑珍就是倾慕他手里握着的方向盘，才嫁给他的。天然林保护工程实施后，再无木头可拉，王继成由一名卡车司机变成了林场管护队队员。同邓旭相比，王继成倒是不闷。

王继成（一九六六年生，图里河林业局西尼气林场管护队队员）

> 我们原来住贮木厂附近的板夹泥房子，住了四十多年。板夹泥房子年久失修，冬天冷，夏天漏雨。屋顶贴了好几层油毡纸，可还是不管用，下雨天照旧漏雨。屋里到处是水，人就爬到柜子上去睡觉，只有那一块地方没有水。无奈，屋里就挖了一个排水沟，往外排水。外边的雨停了，屋里的水还乌泱乌泱的呢！水终于排干了，屋里又到处长出了绿毛毛。耗子多的是，墙上尽是耗子洞，夜里耗子到处乱窜，闹得人整夜睡不着觉，唉，遭老罪了。现在好了，棚户区改造，分了新房。地窖、仓房都给配好了，炉灶和门窗也都安好了，刷得白白的墙壁上再也没有耗子打洞了。我们现在的心情老好了。

我注意到，王继成跟我们说话时，他爱人丁淑珍一直在旁边深情地看着他。看得出，他们的日子是甜蜜且幸福的。王继成家里的电视是长虹牌的数字电视，洗衣机是荷花牌的全自动洗衣机，门口停着一辆豪爵牌的摩

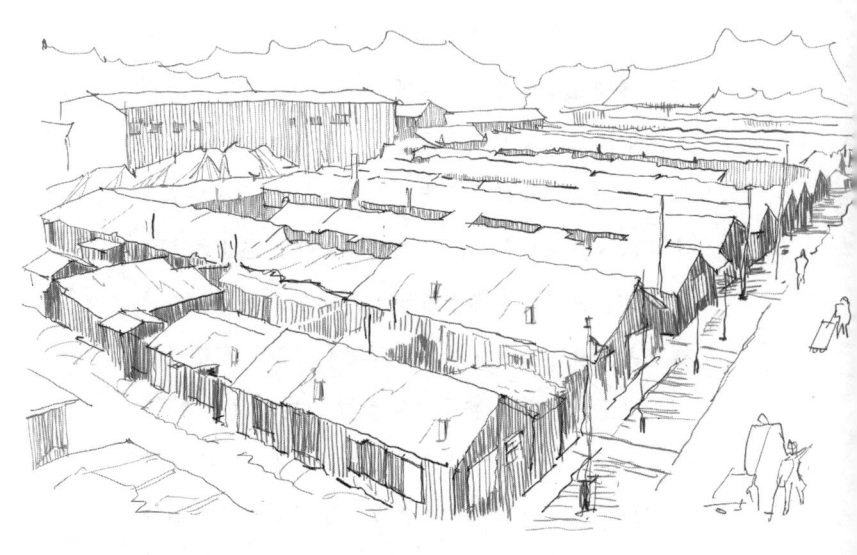

旧日棚户区

今日狮园小区

托车。

窗台上摆着三盆花：一盆是月季，一盆是紫菊，一盆是刺梅。

林业局为了充分利用土地资源，便采取拆后在原址重建的方式进行棚户区改造。免费为职工安装了锅炉、自来水管道、下水道和实木门、塑钢窗，统一规划建设了围墙、门斗、仓房等设施。七十七岁的黄大爷在三十平方米的板夹泥房子里住了近五十年，见到我们时，拉着我们的手有说不完的话。这名五十年代来到林区的第一代建设者，向我们描述了住在板夹泥房子中的种种不便。他说，他的老寒腿和腰痛风湿病，就是因为长期住板夹泥房子，落下了病根。老人说，他在林业局基建处干了一辈子，当了一辈子力工，没想到老了还能住上这样好的房子。他开心地说，一定要争取多活几年，好好享享福。临别时，老人说，国家没忘了林区人啊！

走进莫尔道嘎新建的狮园小区十七号楼三单元的两户居民家中，统一的防盗门、洗脸池、洗菜盆，以及各种设施，给人耳目一新的感觉，房间面积不大，但是整洁的环境、简洁的装修、富有情调的点缀，无不向我们展示着他们告别棚户区后乔迁新居的喜悦和兴奋，也从一个侧面反映出莫尔道嘎林业职工的精神风貌。

赵亚娟（莫尔道嘎狮园小区十七号楼三单元302室居民）

我叫赵亚娟，一九七六年出生，是龙岩山庄职工。我爱人叫黄福勤，在贮木场微机室工作。我们原来住的是板夹泥房子，有一个小院。房子是五十年代父辈建的老房子，腰都塌了，门特别矮，要弓着腰、低着头才能进到屋里。我下班一回家，就有一种恐惧感，怕我们睡觉时，房子轰隆一声塌下来。我们冬天烧的是蜂窝煤，半夜还要起来，鼓捣炉子里的火，生怕煤气中毒，听说附近每年都有因煤气中毒死亡的。我天天都要掏煤灰，脸弄得脏兮兮的，有化妆品也不能用，我一天也不愿在板夹泥房子里生活，就是想早点搬出去。

现在我们终于有了这套房，虽然是小户型，但我特别喜欢。你瞧瞧，三面通透，多亮堂啊！我一进来就相中了。

毕殿强（莫尔道嘎狮园小区十七号楼三单元403室居民）

我是林业局扑火队队员，生于一九六五年。我爱人在镇医院工作，月收入超过两千元，孩子上高三了，目前生活没有明显压力。我这套楼房是棚户区改造后分的，有六十二平方米，一室一厅，够用了。我相当知足了。我原来住的是板夹泥房子，不到三十平方米。那会儿，一下班就劈柈子，抱柈子，烧炕。烟熏火燎的，呛得直咳嗽。

住进这套房，再也不用遭那个罪了。你看看这窗玻璃整整三层呢，多厚啊！冬天再冷，里边也不哈气，没有霜，暖气热烘烘的。做饭用的是煤气罐，再也不用劈柈子、抱柈子、烧柈子了。以前上山扑火，心里还记挂着家里，现在好了，没有牵挂了，可以把心思都用在工作上了。不怕你们笑话，冷不丁住进来时，我还有点不习惯，怎么不习惯呢？过去忙活惯了，一下没事干了，还有些不适应。

无疑，大兴安岭林区的棚户区改造工程是一项深得民心的民生工程——从林区人说话时的表情就可以看出来，从林区人开心的笑声中就可以感受到。

是的，当整个中国都在进步时，我们没有理由让林区落后，没有理由让林区人不住上新居。享受改革开放的成果，林区人怎么能够例外呢？

当我离开林区时，林区的棚户区改造工程还在继续，属于一个时代的板夹泥房子、木刻楞、地窨子、撮罗子、马架子、草泥拉合辫房子等破烂不堪的房子正在一片一片地消失。轰鸣的推土机、挖沟机、铲车和横空出世的塔吊在一个一个工地上日夜忙碌,一座座拔地而起的新楼,以崭新的面孔迎接着曙光。

在二十一世纪的中国东北部,大兴安岭林区人正在朝着追求健康、追求自尊、追求幸福、追求快乐、追求品质的生活目标迈进。

第 8 章

林区语言

语言是个奇妙的东西，特定的地域总会产生特定的语言。在林区采访，我时时被一些简略而粗糙的林区语言弄得瞪大眼睛或者满头是汗。

林区的语言只在林区才流通，是森林造就了这一特定的语言群落，林区语言都是林区人在生产、生活中积累的。

然而，语言毕竟具有鲜明的时代性。随着老一代林区开发者的不断故去和外来语汇对林区语言强有力的冲击，林区语言迅速变成了类似古语的东西，或者退出日常生活，或者只在很小的特定的圈子里流通。

无疑，抢救林区语言是我在林区采访时的另一项重要使命。回到北京，整理采访笔记时，我才突然感觉到，林区语言也是林区文化的重要组成部分，不妨记述如下。

铺锯

指开始采伐作业。

起村

即伐树。

顺山倒

指伐树时所喊的树倒的方向。

回头棒子

指被伐的树倒地后蹦回来的枝丫,因往往容易伤人,故有此称。

吊死鬼

指挂在树上的枝丫。

上挂

指被伐的树倒后未落地,搭在另一棵未被伐的树上。

坐殿

指被伐的树应倒地,但由于树冠过大、枝丫支撑,故未倒在地上。

林区把"坐殿"视为不祥的征兆。伐木工人遇到这种情况,得立刻离开树干,否则,就有可能被树冠压在底下,死于非命。这时,伐木工人一般都把自己的帽子、棉袄、锯等逐一丢出去,用以代替自身,引诱坐殿的树倒下去。这种迷信做法至今仍在林区延续着。

打木劈子
被伐的树倒下时突然从已伐锯口的中间或三分之二处劈裂。

叫树
伐树前先用斧子敲击树干,根据响声判断该树是否为空心树。

叫碴
树即将伐倒时,发出的"嘎嘎"声。

砍向
在树倒方向处先砍一个三角形豁口,让树按确定的方向倒下。

拔大毛
挑选最好的树采伐。

搭挂
被伐倒的树,卡在对面的树上。

摘挂
让被卡住的树倒下来。

铁眼
树被伐倒后,树根部中心的洞。

盘丝头
木头纹理极度紊乱,不规则。

红糖包
内部腐朽的树。

蚂蚁哨
树被朽出无数小洞,内有蚂蚁。

站杆
枯死的站立木。

下件子
将被伐倒后打掉枝丫的树干,按照一定长度,锯成一截截原木,即造材。

集材
把漫山遍野的原木集中起来,运到楞场。

倒套子
用爬犁来集材。

归楞
把集中到山楞未及时运到贮木场的原木堆积起来,或把运到贮木场未装火车外运的原木堆积起来。

吊卯
理顺散乱在山场上的原木,让其小径朝运材道,便于集材。

上碴子
伐木区至山楞场的边缘地带。

卧槽
吊卯后木头小径没有垫起,便冻结在地上。

猫耳碴子
修楞场和运材道时割掉的幼树或灌木的根茬,其形尖锐,似猫耳,易伤人畜。

摊煎饼
散放在楞场未来得及归楞的原木。

切腿
横垫在楞垛下的木头。

拉吊子
在原木两端掏出透孔,以铁链穿孔相接,接着用牛、马将之拖下山。

疙瘩爬犁
将树径十厘米左右的桦树连根拔起,削去树梢和须根，留其根部疙瘩制成的爬犁。

抽山碴
利用冬季雪的滑力，用牛拉疙瘩爬犁运材下山。

刮脸子
集材道拐弯处的偏坡。

打刮脸子
爬犁行至拐弯处迅速下滑，木头尾部偏横。

串坡
借山的坡度和雪的滑力，把木材滑到山下。

放冰沟
从山上到山下修一个槽，在槽内浇水形成冰层，让木材顺着冰槽向下滑。

困山材
在山上停放一年以上仍未运下山的木材。

吃青
采伐的木头堆放在山上历春过夏。

假植
指将上山造林所带的苗木或下班时未种植好的苗木，放入临时挖成的水沟里，用土把根须埋上，以防风干。

边磴、倒磴
将木材用牛、马爬犁直接运至河岸边或森林铁路旁的中楞场，称为边磴；中途有山岗，需用牛爬犁将木材运到山岗上再改换马爬犁，称为倒磴。

骑水马
赶河排工站在或坐在漂流的木头上。

头拓
木排上的掌舵者。

排窝子
编排或存放木排的地方，水深而平稳。

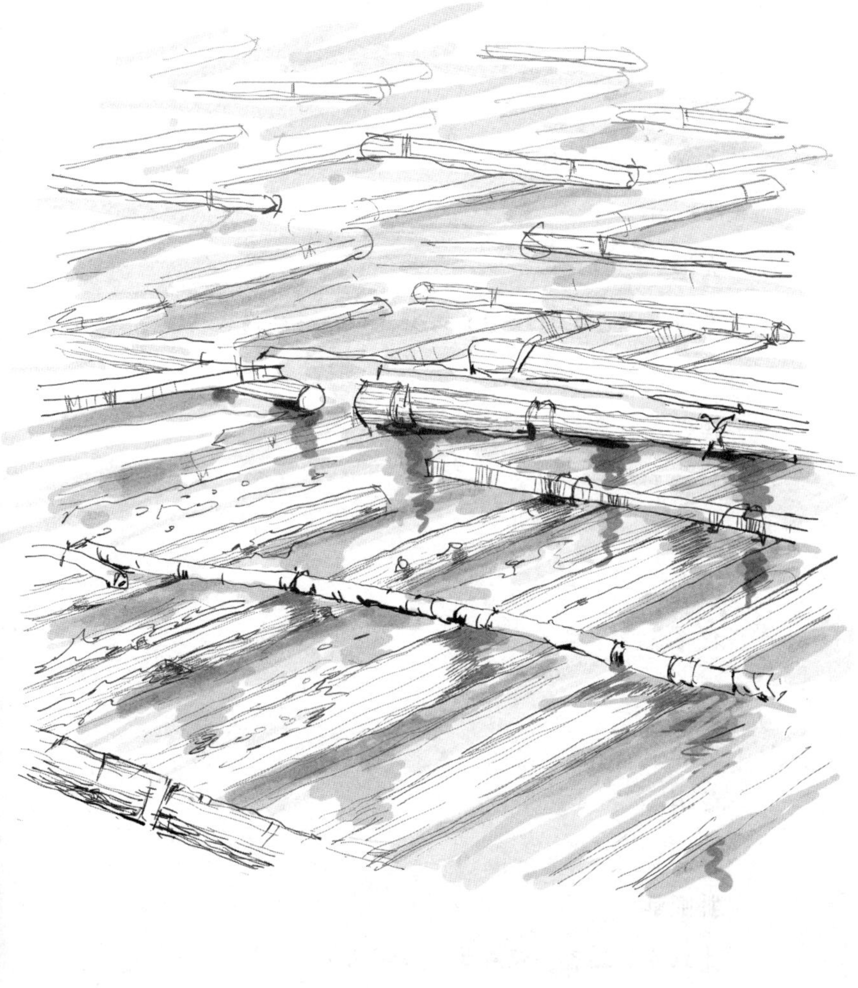

大把头
专业或兼业经营木材生产的商人或财东。

木把头
木材采运的头目。

大柜
木商或承包把头经营木材生产的办事机构。

搭办人
招募工人。

海啦
很多。

麻达山
迷山。

扑蚂蚱
走路东倒西歪,深一脚、浅一脚。

龇英子

开玩笑时,话中带刺。

冒沫

请客喝啤酒。

支楞毛

趾高气扬。

沾包

把事情办砸了。

第 9 章

白酒一碗舒筋血

若问国家天然林保护工程专项经费中含不含酒钱，回答是否定的：不含。

如果换一种问法——国家天然林保护工程专项经费中含不含劳保用品费，回答则是肯定的：含。

这下林区人乐了。那就好，有劳保用品费就不愁没有喝酒的钱。

白酒一碗舒筋血。

在林区，喝酒是一种劳动保护，林区人似乎离不开酒。

早年间，木材的运输主要靠河水流送，流送的准备作业包括：修河道、修河圈、堵河岔、改河弯、架三基子、清理河道、刨冰、修水闸、搭临时流送棚、架通信线路、设出河场等。每年冬季进行河道调查，然后搞准备作业。刨冰一般在四月进行，刨冰是为了使河水尽快融化，提早木材推河的时间，刨冰的劳动保护就是喝酒，用酒擦身子。

木材推河后，便开始"赶羊"——木材在河中顺水漂流，人在河道上随着走。赶羊人一般背一个军用水壶，不过里边装的不是水，而是酒。河中的木材一旦"叉垛"，河水就会憋得呜呜响，木材也就越堆越高。遇到这种情况，赶羊人就会咕嘟咕嘟喝几口酒，然后手持拨枪跳进河里，迅速拆垛。

木材生产一般都是在冬季进行，战胜冰雪的最简单的办法就是用酒增加人体的热量。

除了流送木材，伐木、打枝、造材、归楞等木材生产环节均是在寒冷和冰雪中进行的，而这些作业的劳保用品都是酒。

逢年过节，上级领导上山慰问伐木工人，送的慰问品也多半是酒。

一九六一年，时任国家主席刘少奇视察小兴安岭，在伊春的带岭，他发现林业工人的生产和生活相当艰苦，便指示随行的有关部门负责人，调拨一批生产物资和生活用品送上山去，还特别强调，一定要多弄些白酒。

我在镜泊湖北湖头水运所采访时，老水运工们告诉我，把白酒列入林业工人劳保用品，与这次视察有关，所以，在酒桌上，林区人最忘不了的人就是刘少奇。

国家曾有规定，宁安的酒厂生产的酒专供林区劳保之用。

一九五三年，伊春林区销售白酒上百万公斤。当时林区规定，所有林场商店都必须经销白酒，供应原则是先山上后山下，每逢年节，茅台啦，竹叶青啦，汾酒啦，剑南春啦，这些优质的名酒总要拨出一定比例供应一线林业工人。应该说，除了"马爹利"等洋酒外，林业工人什么样的好酒都喝过。

喝酒的事本不大，可在林区，这不大的事就成了大事。在林区，酒类实行计划管理，统一采购，统一供应，产销全部纳入国家计划轨道。

五六十年代，马永顺既是伐木的好手，也是喝酒的高手。马永顺的二儿子马春青告诉我，马永顺创造过一顿喝下十三斤白酒的纪录，不过，马永顺后来不喝白酒了，改喝啤酒，一顿一瓶。上级领导逢年过节看望这位老劳模时，小汽车的后厢里总要给老人家备上一箱啤酒。马春青说："让老爷子不要喝白酒改喝啤酒，老爷子死活不愿意。后来，我就想了个法子，我找到曹叔。我说，曹叔你得给我爸做做工作，叫他别喝白酒了，你就说马永顺不喝白酒改喝啤酒，你已经写到书里了。曹叔为这事真的专门与我爸谈过一次，我爸听曹叔的话，就改喝啤酒了。"

不过，镜泊湖的老水运工们并不熟悉马永顺，倒是向我举荐"大老美"，他们说："大老美是我们这儿的酒王。"大老美是山东大汉，本名迟焕成，在镜泊湖当了一辈子放排工。有一次喝酒喝了三天三夜没喝醉，身上出的汗滴到碗里用火柴一点就能燃起来了（这话有点夸张）。不巧，我去镜泊湖采访那天，大老美到牡丹江办事去了，所以我没能见到这位著名的酒王。

在穆棱市林业局招待所的饭桌上，穆棱的朋友们听说我在了解林区酒文化的内容，给我讲了很多林区人的有关酒的故事。

有记载称，一九六五年七月，伊春林区乌拉嘎的一个采伐区有伐木工人一百零一人，一个月喝掉白酒四百三十五公斤。

林区人喝酒不在乎有没有下酒菜，几粒盐豆，半块咸菜疙瘩也照喝不误。

林区人喝酒，个个豪饮，一顿酒，一个人不喝个半斤八两的，那还叫林老大吗？到林区办事，你要是能喝酒，那事情就好办了。

有个人开玩笑说："中国的白酒行业就靠这帮林老大养着呢，若是林老大都戒酒了，那些白酒厂就得一个一个地倒闭。"

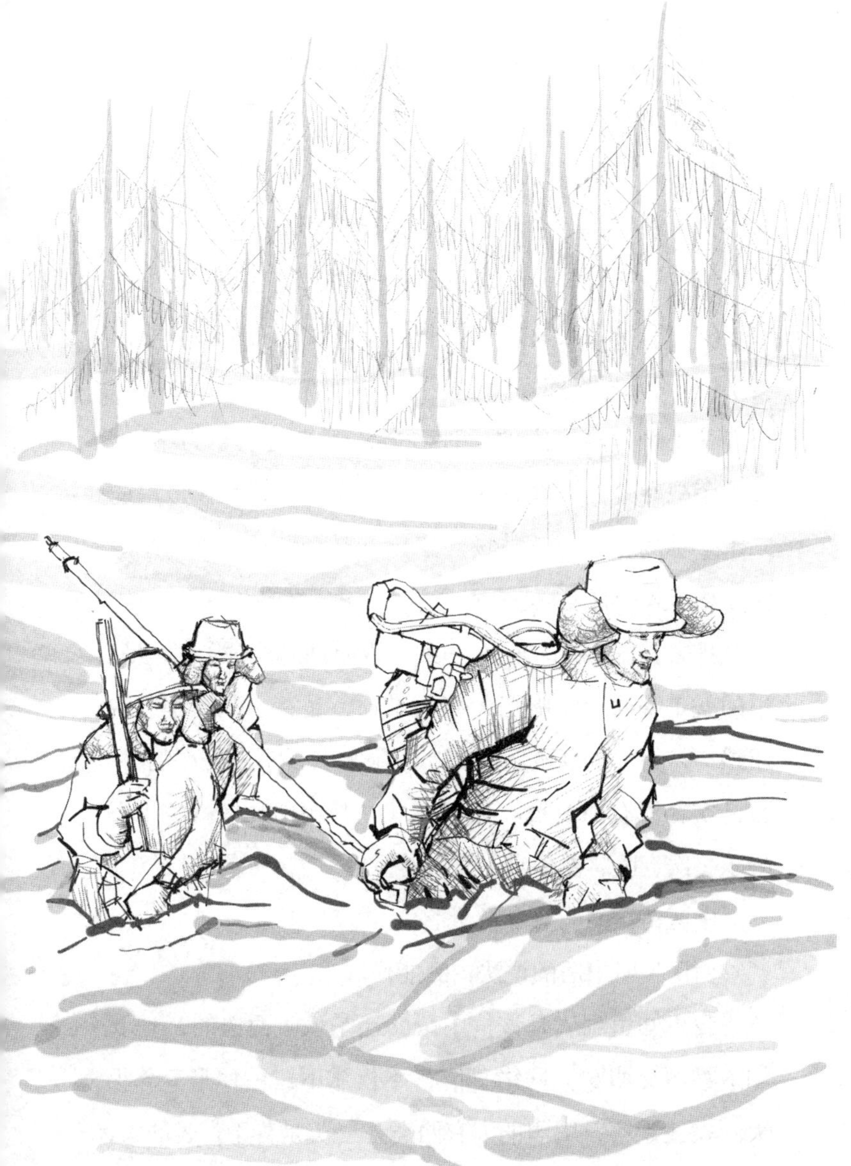

这话说得虽然有点过,却从另一方面道出了林区人与酒的特殊关系。

林区有一种常见的酒叫"小烧"——以玉米或高粱为原料,采用传统的酿酒方法,酿造出来的酒。

我在亚布力采访时,亚布力的朋友曾专门带我去镇西边的一家餐馆吃饭,喝的酒就是小烧。朋友说,吃肉喝小烧,解毒助消化。

酿小烧是林区人的一种习俗,不光是亚布力林区,杨子荣战斗过的海林林区更是处处弥漫着酒香,这里的二十二林场、三十五林场、三十八林场等地酿造的小烧深受林区人的喜爱。

我去林区出差,往往一到吃饭时间就胆战心惊,最怕的就是喝酒。不喝吧,盛情难却,也会引起在座人的反感,认为你不真诚、虚伪、心眼太多,不可交;喝吧,自己实在没有那个量。那年,我在长白山林区就生生喝醉了一次,唉,要多难受有多难受。

中医曰:酒能活血。

西医反对中医的说法:酒能伤肝。

我不知道到底是该信中医的还是该听西医的,但我知道靠酒交朋友,联络感情,不仅靠不住,而且流弊很大。据我观察,喝酒的人有两类,一类是善于言表的人,喝了酒更加激情澎湃,口若悬河;另一类是讲话少的人,话少，就多喝酒，即便讲话讲错了，也可以借喝醉得到别人的谅解。

林区人都很善言谈，话少的人几乎没有。在酒桌上，那些已形成体系的酒话常常令我惊叹不已。

据说，在林区，随便哪个林业局都可以找出四五个酗酒致死的例子，没有人统计过林区人一年能喝掉多少白酒，估计也不会有哪个部门或哪个人想统计这个数字。

第 10 章

伐木工具

在林区全面禁伐天然林的今天，伐木工具被闲置在林区的角落里，任蜘蛛们结上密密的网，任岁月的尘土一层一层地覆盖。林区开发的历程也是采伐工具不断变革的历程。大板斧——大肚子锯（快马子）——弯把子锯——油锯。即便人类发明伐木工具的速度并不快，但伐木的速度仍然远远超过森林生长的速度。

工具是人类力量的延伸和放大。

科学技术推动了人类文明的进程，但对森林来说，它带来的却是毁灭性的灾难。

早年前，林区人是用大板斧砍伐森林的，大板斧也叫玻璃斧，当大板斧的砍伐之声持续到二十世纪二十年代的时候，西伯利亚原始林中的大肚子锯传入我国东北林区。一九四九年以前，林区都是用二人操作的大肚子锯伐木的。

使用大肚子锯伐木需两人面对面站着操作，拉上下对口碴，元宝碴或大抹头，作业没有规程限制。当时是以"拔大毛"的方式采伐，伐好不伐坏，所以有"叫树"一道程序，就是在下锯前用大斧敲树干，通过听声音鉴别树干中是否有空心、虫蛀或是否红糖包，若是空心树、红糖包或有虫蛀就是坏材，弃而不伐。

二十世纪五十年代，从日本引进的弯把子锯最先在鸭绿江、长白山一带林区推广使用。从一九五二年开始，以东北林务总局副局长张子良和苏联专家达依诺夫为首在带岭分局召开弯把子锯使用经验交流会，推广弯把子锯伐木法，淘汰了大肚子锯，实行"砍碴、留弦、抽片、加楔、一面倒、喊山"安全伐木法。但是难度很大，林区人一下子难以适应，过去站着伐木惯了，若是一条腿跪在地上，不那么容易。因此，新的安全操作方法还不能全面推广下去，事故仍不断发生。

一九四九年冬，张子良在翠峦林业局与万国有、刘金贵创造出"降低伐根，一面倒"采伐法。一九五三年，铁力林业局马永顺根据他多年的伐木经验，创造了"伐木三角碴"安全伐木法，把原来推广的"抽片、加楔、喊山"等安全伐木法，向前推进了一步，使伐木安全作业法更加完整、可靠，这是林业安全生产的一大突破，伐木的安全性有了可靠的保障。至此，伐木伤亡开始减少。

这里反复提到的张子良是一位响当当的人物，我在林区采访时，林区人常常怀着崇敬的心情追忆起他。

据说，一九三六年，采写《红星照耀中国》的美国记者斯诺抵达陕北时，周恩来招待斯诺用的六枚鸡蛋，半碗咸菜，一捧辣椒和三个萝卜就是张子良用新发的一条土布裤子换来的。那时，张子良担任中央党校供给科科长。全面抗战时期他先后任中央局秘书局采购处处长，中央局总务处副处长，中央局财经处供给科科长，中央办公厅供给处处长。中共七大会址和中央大礼堂修建工程所用的砖瓦和木料都是经张子良之手采购来的。他精打细算的管理方法，兢兢业业的工作作风，受到了毛泽东、刘少奇、周恩来、陈云、任弼时等时任中央领导的称赞。

东北解放后，张子良被中央派到林区任伊春林业管理局局长、东北林业工业总局副局长等职。一九五四年，调任中央林业部木材生产局局长，后又任中央林业部部长助理，那时候，他大部分时间奔波于东北和内蒙古林区，调查研究，指挥生产。

林区人说，弯把子锯是张子良给我们带来的。

推广使用弯把子锯是林区采伐工具的一次革命，使用弯把子锯伐木，伐木作业由过去的二人操作减为一人操作，操作灵活，伐根低，效率高，也增加了安全系数。

弯把子锯的操作简单，但锉锯却是一门技术。

在实践中林区人掌握了处理锯料、齿刃、齿仓、齿尖的要领，总结推广了在山场随时可以采用的"怀中抱月""架子固定""夹腿"三种锉锯方法。南岔作业所张士儒工组创造了"二季锉锯法"，即在冬季伐木或采伐硬质树木时，把锯锉得爬棱小、齿仓浅、齿尖钝一些，防止伐木时顿锯、拉弯、掉齿或锯口里外摇；在夏季伐木或采伐软质树木时，把锯锉得爬棱大、齿仓深、齿尖锐一些，防止伐木时费劲或夹锯。锯锉完后要达到"四齐"，即"尖齐、料齐、仓齐、刃齐"。有的人将锯锉完后，将缝衣针顺着放在锯料间，使其一直下滑，针如不颠簸，视为锯锉得合格。

一九五三年，中国从苏联引进哈林油锯和K-5号电锯，用于木材采伐。

孟昭贵是中国的第一代油锯手。孟昭贵生于山东，十三岁时就拿起斧头当木匠。一九五二年春，到带岭林业实验局当采伐工。

一九五八年，林业战线开展了"比、学、赶、帮、超"活动，孟昭贵创造了单人日产五百六十一立方米的伐木纪录，在东北和内蒙古林区引起了很大反响。同年五月四日，《中国青年报》介绍了他的事迹。一九五九年八月，

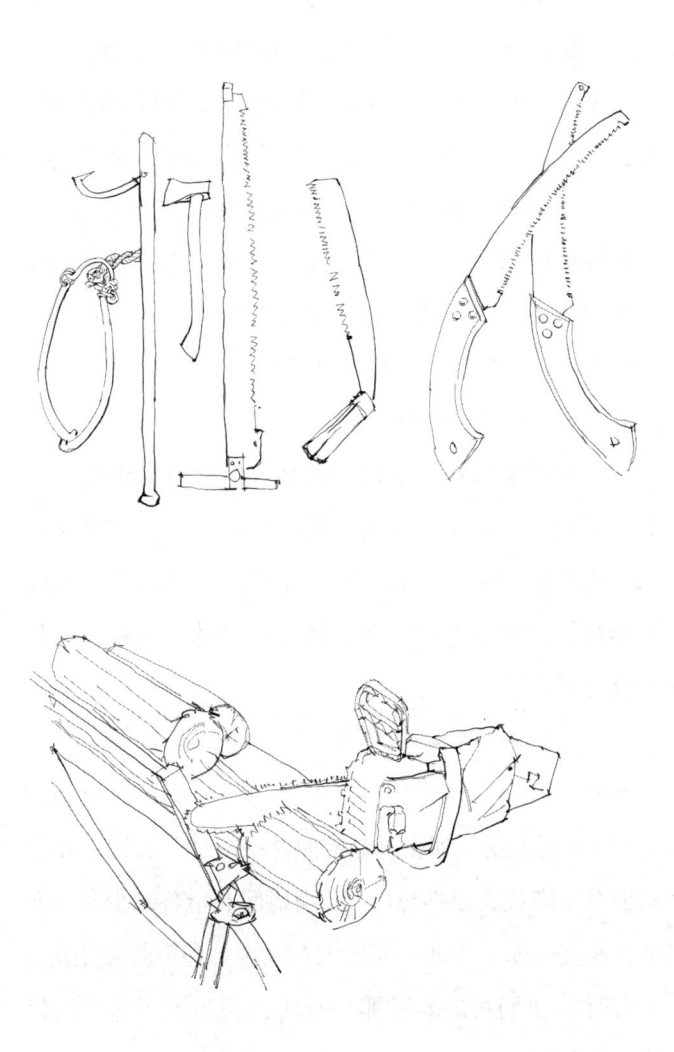

他参加了在北京召开的全国青年社会主义建设积极分子代表大会，被授予"全国青年社会主义建设积极分子"称号，时任党和国家领导人刘少奇、朱德等接见了他。

一九六一年七月，刘少奇到带岭的寒月林场视察时，观看了孟昭贵的伐树操作表演，并称赞他伐木技术高超。

一九六三年，林业部组建的援越中国林业专家组，孟昭贵被抽调到伐区工艺组。他根据越南北部山区的地形、林相等条件进行伐区总体规划，以林业专家的名义先后在越南北方几个省举办"弯把子锯锯手培训班"，并改良了当地的归楞、集材工具。

一九六九年八月，他以中国林业援外专家组组长的身份，到坦桑尼亚支援林业建设，历时一年，圆满完成了标准地测量和制材厂的总体设计工作，归国后，被调到伊春林业管理局工作，并相继任朗乡林业局和带岭林业实验局副局长。

夜晚，我在宾馆客房的灯下，打开厚厚的《伊春市志》，第一页上就是那张著名的照片——"一九六一年七月刘少奇主席视察伊春林区"，当地朋友指着刘少奇对面那个头戴安全帽、手拿油锯的人对我说，他就是孟昭贵。

有时，我们可能忘了那个时代，但忘不了那个时代一些人的名字。

一九五八年，柳州机械厂生产出第一台国产051型油锯，并投入批量生产。此后，林区的油锯拥有量急剧增加，到一九六〇年末黑龙江省油锯拥有量达一千零四十五台，一九六四年末达两千两百八十九台，一九七七年末达三千四百二十一台，这些油锯九成以上是051型。到一九八五年黑龙江林区普遍使用油锯伐木、造材。

随着科技的进步和现代化工具在生产领域的不断应用，将来会用什么工具伐木呢？

伐木工具与森林的减少并无直接的联系，但是它与人类使森林减少的手段紧紧相连。

工具是人类手臂的扩展，人类正是由于使用了工具才做成了一件一件的好事情和一件一件的坏事情。然而，森林需要的不是这些工具，而是时间。

时间是最不值钱的东西，同时是最宝贵的东西，对森林来说，有了时间就有了一切。

别了，大板斧。
别了，大肚子锯。
别了，弯把子钢。
别了，油锯。

第 11 章

黑熊：蹲仓叫仓揣仓

黑熊，又称黑瞎子，熊性猛憨，拔树抛石力倍于虎。有记载：虽弹丸洞胸，血流肠出，尚能掘泥土以塞伤口，奋追击者致其命。

林区开发初期，黑熊一到晚上便围着工棚哀嚎。一次，一只饿急了的黑熊，竟将小工队食堂的一个米袋子背走了。

乌马河林业局曾经有黑熊咬人事件。

一名采伐工人在伐倒一棵空心大杨树时，树洞里突然蹿出一只黑熊，来不及跑的工人急中生智，用尽全身力气两手紧紧掐住黑熊的两腮，大声地呼喊，工人们闻声赶来，挥斧舞锯，才吓跑了黑熊。

黑熊身强体壮，是一种杂食性动物。亚洲黑熊以植物性食物为主食，有时也偷食一些燕麦和蜂蜜，或者找些蚂蚁充饥。当然，它对老鼠等一些小动物也来者不拒，一旦需要，它还会捣毁鸟窝，且能灵巧地从河里捉鱼吃。但一般说来，它还是比较喜欢素食，如浆果、坚果、松球、柞果等植物果实。

黑熊喜欢这样的食物并非因为它懒惰成性，而是其生理因素所致。它长着一双充血的深棕色的小眼睛，视力很弱，看不了多远。然而它像所有近视的动物一样，即便在昏暗之中也能找到鼻子下的小东西，一旦找到吃的东西，它就把肥厚的嘴唇撮成管状，很顺当地把食物送进嘴里。

旧时，徒手搏熊的猎手被视为英雄。

黑熊都有冬眠的习惯，在林区俗称"坐洞"或"蹲仓"。小兴安岭的一个老猎人告诉我，熊所蹲的"仓"有两种形式：一种是洞口在树干的顶端，即"天仓"；一种是洞口在树干的根部，即"地仓"。猎取洞中之熊，叫作"揣仓"。

猎人弄清仓里的情况后，向仓里投掷木块，熊接到木块垫坐在屁股之下。再投，再垫，逐渐增高。待到熊的头部与洞齐平的时候，便用矛刺之。或投掷较大木块填塞洞口，从旁侧钻孔，以矛刺入，之后伐木取熊。还有一种方法，猎人先以大斧猛击树干，震醒里面的睡熊，将它从树洞中驱赶出来,称为"叫仓"。待熊大半个身子探出仓外,再及时射击,将其击毙,叫仓猎熊的关键是掌握时机,如射击过早,熊掉头入树洞,则要伐倒树木,颇为周折;若射击过迟,熊蹿出洞外,猎人即有被熊扑伤的风险。有经验的猎手多能掌握时机,并且一击毙命。

猎熊的目的主要是获取熊胆和熊掌。捕熊虽然一年四季都可以进行,但以冬季最为适宜,因为在冬季,摘取的熊胆不易腐臭变质,这时的熊掌营养也最丰富。

当然,猎人向我讲述的猎熊的故事都是早年间的事情了。如今,黑熊已被列为国家重点保护野生动物,是绝对禁止捕杀的。

熊胆是一种名贵的中药材,在我国使用已有上千年的历史。我国养熊取胆始于二十世纪八十年代,其目的是改变以往的"猎熊取胆"的方式,解决野生熊类种群数量急剧下降及中医药原料不足的问题。至九十年代,全国圈养黑熊达五千只,形成了养熊热。

一九八八年,熊类专家马逸清带领他的课题组对小兴安岭南部黑熊的分布进行了专门的调查和研究。

调查和研究的区域为黑龙江省伊春市铁力境内的朗乡林业局,共发现了五十五个有价值的熊仓。所有置仓树都有枯树心,这些枯树心都被熊扒过,仓内壁布满爪痕,在仓底的枯木屑堆上有一浅坑状冬眠巢。

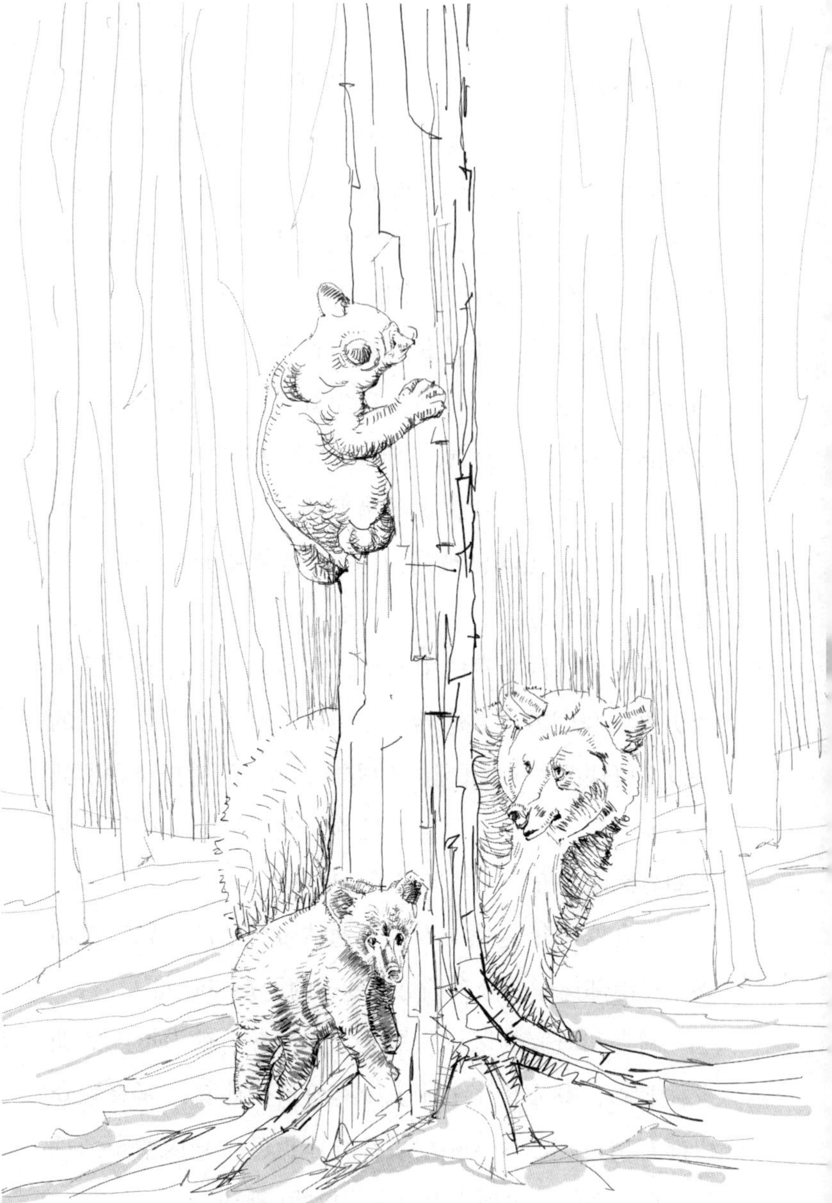

不可思议的是，熊在冬眠时消耗了大量的脂肪，却没有排泄物，熊仓里干净得出奇。专家说，熊在睡眠时不管膀胱胀满了多少尿液，全部都被自己吸收回体内，专家们至今也没能破解这些尿液回到体内后是如何处理的。

更重要的是黑熊和其他熊类还有许多生理、生态奥秘。如它冬眠时血脂含量很高，这对研究人类心血管疾病有重要的意义。北美的黑熊专家认为：研究黑熊冬眠不但有助于解决长途的太空航行问题，也有助于解决人类过胖、营养不良和失眠等种种问题。所以保护这一物种，无论就目前需求还是长远利益来说，都有十分重要的意义。

说到熊，我的耳边又响起一个厚重的声音："滚开，别去碰它们，连一根毫毛也不许碰。它们，是我的。"

记不清那部电影的名字了，但那名老酋长的话至今仍震撼着我的灵魂。它们——森林里的熊，雪地上那歪歪扭扭的脚印，说明它们并不邪恶，仅仅是过于庞大。

当时，老酋长正在一棵橡树下拆一支猎枪，枪筒、枪把、扳机散乱一地。老酋长对那些准备到森林里为自己争取猎人称号和资格的人发出了愤怒的吼声！

没有熊的森林是不是有点单调或者稚嫩了?熊是古老年代里留下来的顽强的物种,有熊出没的森林才有幻影和神秘的传说。

第 12 章

贡　貂

一

皮裘之首，貂皮也。

貂的不幸在于其皮毛的名贵。正应了一名诗人说过的一句话：美，从来都面临着灾难。

貂皮色泽华美，柔软轻暖，拂面如焰。

《长白汇征录》载："貂皮最能御寒，遇风更暖，着雪即消，入水不濡。"

没有什么裘皮能够比貂皮更贵气。貂皮的雍容和美丽，貂皮的实用和气派，带着嘲笑向那些所谓的高品位的追求者眨着眼睛。

凡是流行的，都是短暂的，而貂皮却以其永久的魅力而高居时代的顶峰，占尽风光，独领风骚。面对貂皮，服装设计师们不得不重新认识关于皮草和时装的概念。拥有一件貂皮大衣是多少女人的梦，然而，当冬季里大街上穿貂皮大衣的女郎越来越多的时候，山林里的貂就一日比一日减少了。

我这里所说的貂当然是紫貂。《国家重点保护野生动物名录》中是这样描述紫貂的：紫貂体躯细长，四肢短健如中型家猫，鼻面部尖，耳大，尾毛蓬松，四肢短，足五趾。体色棕褐色，稍掺有白色针毛，喉、胸略呈黄色。

紫貂生活在气候寒冷、针叶林丰盛的亚寒带针叶林和针阔叶混交林中，筑窝于石堆或树洞中。善于攀缘爬树，行动敏捷，以夜间活动为主。以小型啮齿动物、鸟类、松子、野果及鸟卵为食。三岁可性成熟。国内分布于黑龙江、吉林、辽宁及新疆的阿尔泰山。

紫貂专家徐利告诉我，紫貂是一种昼伏夜出的小动物，胆小，人们很少能见到它们。

紫貂是森林隐士吗？紫貂有自己的生活方式，除了觅食，它们大部分时间都深藏在树洞里或穴窝中。

虽然紫貂生性胆小，却从不惧怕严寒和风雪。

东北三件宝：人参、貂皮、乌拉草。当然这是指从前的东北，如今，人参已称不上什么宝了，在小兴安岭、长白山随便开垦一块荒地，播下种子就能长出人参，就像种胡萝卜那样。至于乌拉草,看看还有没有人穿乌拉就知道它的命运如何了。

唯有貂皮依然名贵天下。

二

貂皮是东北地区向清王朝缴纳的主要贡品。

贡道曲折而漫长,一头连着风雪弥漫的山林,一头连着红墙金瓦的紫禁城。

《黑龙江述略》载:"黑龙江土贡,以貂皮为重……五月纳貂之期,各部大会于齐齐哈尔城。卓帐荒郊,皮张山积。"

早年间,齐齐哈尔又名卜奎,每年冰雪消融之前,捕貂人便走出森林,或马驮或肩负或车载,将一个冬天的收获运往这里。卜奎城中商号店铺林立,商贾云集,貂皮带来的商贸活动十分活跃,赌场、妓院也因貂皮兴盛起来。

貂皮在这里被晾干、分出等级,集中打包、结捆,然后用马车成批成批地运往京城。

上大学时,每年的寒暑假我都要从齐齐哈尔中转火车,尽管车站工作人员那些糟糕透顶的举止,令我胆战心寒,但多少年来,我却从没有意识到这座城市的性格和血脉，曾与貂皮有关。

貂皮还是满族猎人与外界进行交易的主要产品。《柳边纪略》记载：康熙初，易一铁锅，必随锅大小布貂于内，满乃已。今且以一貂易两锅矣。易一马，必出数十貂，今不过十貂而已。

在林区，貂皮几乎成了满族人对外交易的货币。日子过得是否丰实，看看其家拥有的貂皮数量就清楚了。

貂皮真是个好东西。

"秋挖棒槌冬打貂"，冬季貂的皮毛丰厚，而且雪季便于猎人追踪。所以冬季是猎貂的最好季节。气候愈寒，貂的毛色愈纯，毛质愈佳。每年天寒雪降，河水结冰之后，猎人们即驾着爬犁，装载着帐篷及食物，携带猎犬入山林捕貂，一直到十二月或第二年春天才能归来。

捕猎活动是充满危险的，这种危险并非来自貂，而是来自那些更大的猛兽和山林中的种种意外。

在长期的狩猎中，满族人创造了独特的捕貂文化。捕貂人把猎取的对象加以神化，貂神是他们捕貂活动的主宰。因此，在猎貂的前后，要举行祭貂神和谢貂神的仪式。祭祀貂神时，"貂达"（捕貂人的首领）充当萨满，主持祭祀。萨满祭祀貂神时，不系腰铃、不击鼓、不拿貂套子，因貂神胆小，不可惊动，只以酒洒地，然后升香，供奉于貂神位前。升香时要看香烟的指向，如香烟飘往东面，则意味着东方有貂，可向东狩猎；若香烟飘向南面，则是指示南方有貂，可南行狩猎。

捕貂不需要勇武，只需要计谋和智慧。清人方登峰的《打貂行》写道：

> 打貂须打生，
> 用网不用箭，
> 用箭伤皮毛，
> 用网绳如线，
> 犬逐貂，
> 貂上树，
> 打貂人立树边路，
> 摇树莫惊貂，
> 貂落可生捕。

归纳起来，大致有四种捕貂方法：

一曰闷穴。在寒冷的严冬，夜间的森林里多有降雪。貂昼眠夜出，到洞窍中捕鼠，天明即伏树窍之内。捕者于清晨负一背兜，内插板斧，另带火具、硫黄线、风扇等物，于雪中踏验夜间貂踪。若是验明有入迹而无出迹，则先以树枝塞窍口，防其出窜，再用烂木屑为火具，取硫黄线燃之，使貂闷毙其中。然后以斧伐木取貂。这种方法显然是最残忍的。

二曰网捕。《清稗类钞》记载网捕之法：貂鼠……大抵穴松林中，或土窟，或树孔，捕者以网布穴口而烟熏之，貂出避，辄入网中。

三曰犬啮。犬啮通常有两种形式。一种是与熏穴相配合。熏貂穴时使犬守穴口，待貂蹿出洞外时捕而啮之。另一种是使犬嗅其踪，觅其穴，伺其出而啮之。《龙沙纪略》记载：捕貂以犬，非犬则不得貂……犬前驱，停嗅深草间，即貂穴也。伏伺噙之。或惊窜树末，则人、犬皆息，以待其下。犬惜其毛，不伤以齿，貂亦不复戕动。纳于囊，徐俟其死。

捕貂，生擒者，必是高手。

四曰碓捕。其法是将铁条或木板制成夹子、排子、关子和阎王碓等，安上机关，拴上诱饵，放在貂经常出没的通路上。貂误食诱饵，触动机关，即会被捕获。放碓一般是在寒露至霜降期间。此时，貂为捕捉灰鼠多在树木上穿行，置碓于倒木，获貂最多。不过大雪之后，貂便不登倒木觅食了，碓亦因冰冻凝滞不灵，猎人也就改用他法了。

貂之精华在其皮毛。所以，出色的猎人捕貂时，从不用猎枪和弓箭。

貂极不易猎取，有史料载，捕貂者，秋去春始还，往往空手归。

每一次出猎,都是一场人与自然的较量。每一张貂皮的背后都有一段心酸的故事。

愈是珍贵的东西,愈是难以得到;愈是难以得到的东西,愈是弥足珍贵。

三

古籍中有这样的记载:

天聪八年(一六三四年)五月,索伦部……巴尔达齐……率四十四人来朝贡貂皮。

天聪九年(一六三五年)四月,黑龙江索伦部头目巴尔达齐,率二十二人来朝贡貂皮等物。

崇德二年(一六三七年)闰四月,黑龙江索伦部落,博穆博果尔率八人来朝,贡貂皮。

貂就是貂,而一旦成为贡貂,那就是一种政治态度了。

博穆博果尔是黑龙江上游索伦部落的首领,以其文功武略促使黑龙江上游索伦各部落形成统一的部落联盟。

满族各部统一后,成为东北最强大的势力。为了同明朝争夺天下,其稳固后方后,便大举征讨黑龙江流域索伦各部,使其归附并贡貂。

然而，归附也好，臣服也罢，这只是一种形式，毕竟山高皇帝远。博穆博果尔的索伦部落日益强大起来，"江南北各城屯俱附之"。

清太宗闻之不悦，虑其势盛不可制。

机会终于来了。

相传一六三七年，博穆博果尔前来朝贡貂皮，同年，另一个索伦部落的首领巴尔达齐的弟弟萨哈连等五十一人也来朝贡貂皮。

清廷使了一个小小的手段，便在两个部落之间播下了不和的种子。

清廷对这两批同是索伦，来自不同部落的朝贡使者，采取明显的厚此薄彼的态度。

清廷先后三次赐给萨哈连等人蟒衣、鞋、帽、靴缎、布匹等物，并多次宴请，留其观玩三个月余。而对博穆博果尔等人仅赐物一次，便不再理会。

一方面是盛情百般，一方面是冷冷落落，这不能不引起博穆博果尔对巴尔达齐、萨哈连的忌恨。从此博穆博果尔同巴尔达齐之间产生隔阂，并不断加剧，后来两个部落敌对起来。

利用两个部落之间的矛盾，从容地控制索伦部落乃至整个黑龙江流域，清太宗是很有一手的。然而，当忌恨转化成愤恨的时候，贡貂的漫漫长路上，便不再有博穆博果尔的身影。一六三八年，博穆博果尔在第二次朝贡后，便愤然断绝了继续朝贡。

不再承认满洲的统治，那还了得？正要给你一点颜色看看，却苦于师出无名，这回有了。清廷出师征讨，用了不到两年的时间，以博穆博果尔为首的索伦部落联军被击败。

贡貂竟与政治连结得这样紧密，此乃幸耶？悲耶？

四

不单单是索伦部落，当时被大清帝国武力征服的赫哲族人及在黑龙江下游、乌苏里江一带和库页岛的费雅喀人、阿伊努力人每年都要向清政府贡貂，以示臣服。

赫哲族是颇有个性的民族，除了满族，就数他们与貂事活动联系得最紧密了。

我是在郭颂唱的《乌苏里船歌》中认识赫哲族人的。一听到这首歌就把他们与冰雪与大马哈鱼、鱼皮裤联系到一起。再后来读一本写因纽特人渔猎生活的书，翻过几页之后，视野里便出现一片冰雪世界，弄不清楚赫哲族人该是什么样子，因纽特人又该是什么样子。

我对那种在特殊地域里生存的民族总是怀有极大的兴趣。我曾给在乌苏里江下游的一个农场里当宣传部部长的朋友写信,请他拍几张能够真正反映赫哲族人生活的照片,寄来让我看看。

一个多月后,那朋友把照片寄来了。画面是,一个西装革履的青年,手里拿着鱼网,网里有一条鱼隐隐露出尾巴,而那青年的背后便是静静流淌着的乌苏里江。

我一下失望了,赫哲族人怎么会是这个样子呢?

那个朋友在电话中反问我:"赫哲人怎么就不会是这个样子?都什么时代了,你脑子里的赫哲族人是哪个时代的赫哲族人哩?"

那个时代的赫哲族人,我又了解多少呢?在静静的深夜,我一头扎进那堆发黄的史料中。

后金政府在征服赫哲族的初期,强迫赫哲族定期贡献方物。贡献的方物有貂皮、狐皮、水獭皮等各种珍贵皮毛。赫哲族纳贡的最早记载是:己亥,春正月,壬午朔,"东海渥集部之虎尔哈路长王格、张格率百人朝谒"。如果逾期不贡献方物,则被视为对后金统治的反抗,后金政府往往会派兵加以征讨。一六三四年,皇太极曾对黑龙江地区来归的头目羌图里、嘛尔干说:"虎尔哈慢不朝贡,将发大兵往征,尔等勿混与往,恐致误杀。从征士卒,有相识者,可往视之。此次出师,不似从前兵少,必集大众以行也。"

皇太极以这种不客气的方式,表达了强硬的态度。

根据清政府的规定，凡是被编户的黑龙江流域各部族，每户每年都必须向清政府贡纳一张体大、毛厚、色匀的优质貂皮（以黑色貂皮为上品），这就是贡貂制度。只有在贡貂之后，赫哲族所带来的其余毛皮，才可在市场上进行交易。

清初时在宁古塔设点接收贡貂。离宁古塔远的，如居住在黑龙江下游的赫哲族，则于每年夏季去普禄乡（今俄罗斯波卡罗夫卡附近）贡貂，清政府届时前往收受贡貂。

一七一四年，始设三姓协领衙门，负责黑龙江中下游、乌苏里江流域及库页岛一带赫哲人、费雅喀人、库页人的贡貂事宜。一七三二年，三姓协领衙门设三姓副都统，还在黑龙江下游奇集（今俄罗斯奇集湖附近）、德楞（今俄罗斯特林一带）设立行署，就近办理贡貂事宜。

按规定，赫哲族人应每年贡貂一次。如因故于当年未能前来贡貂，可于来年补贡。对于这种情况，清政府在一七五〇年做过如下规定："惟此等人之往地距宁古塔、三姓甚远……或受阻于途而未能于约定之月份前来，或因有疫病而不能前来。如当年事出有因，而于下年补贡者竟停止补贡，恐与圣上抚绥远民之意不副（符）。缘此，赫哲、费雅喀人等应贡貂皮，如事出有因，短欠一年而于下年补贡者，除照旧例补给应赏之物外，如有短欠二年以上者，则停止进贡短欠之貂皮，亦停止补赏，惟收取当年应贡之貂皮并照例颁赏之。"

清政府还有另一手。

对于前来贡貂者给予回赐，回赐之物，除了锦缎衣服之外，还有靴、帽、袜之类的物品。这些物品对于当时的各少数民族来说，都是些平素很难得到的必需品，因此是很珍贵的。

赏赐是分等级的，赏给姓长、乡长、萨尔罕锥（下嫁给赫哲族人的满洲旗人之女儿）的是官服，赏给子弟和白丁的是常服。同是官服，姓长的朝衣的面料是蟒缎，乡长的朝衣的面料是彭缎；同是常服，子弟的是缎袍，白丁的则是布袍。

赏赐有一定仪式，酒宴是要摆的，但并不铺张，也不奢华。

《吉林通志》记载了赐宴的场面：赐宴用木几，长排两行，每人烧酒一壶，盐豆一器，以示怀远之思。其人叩头起立，饮毕，欢呼，再叩头谢恩，始各散去。

除赐宴外，赫哲族人贡貂时路途上的口粮和贡貂时逗留期间的口粮（清政府规定，赫哲族人贡貂时最多可逗留五日）均由清政府承担，这笔费用是相当大的。对此，三姓副都统衙门乾八年档案中有这样的记载："耨德、雅丹二姓七十五人，十五日路途用米，每人每日以合三勺算，给过口米九十一石二斗一升七合；饽饽粘米四十五石六斗八合五勺，酒一千三百三十五瓶……"

如果将贡貂送往京城的押运费、赐宴费、贡貂人路上和贡貂期间的口粮费等几项费用加在一起，我们将发现，清政府每得到一张貂皮，在经济上所付出的代价是很大的。清代的曹廷杰在光绪年间曾算过一笔账："得貂皮一张，须费银十余两。"据档案资料记载，光绪年间，一个赫哲族士兵一个月的饷银约三两白银，照此看来，以十余两银子换得一张貂皮，不谓不贵。

然而，经济是一笔账，政治是另一笔账。

五

紫禁城好胃口，吞纳方物从不嫌多。

朝廷接受那么多的贡貂，干吗用呢？在写作此文的过程中，我翻阅了有关服饰方面的杂书，方知一鳞半爪。努尔哈赤建立后金之后，为了使贵贱尊卑昭然不紊，以维护其统治秩序，逐步对衣冠的形式、纹饰、颜色、质料都做了具体规定。

尊卑贵贱，瞥一眼服饰就知道个大概了。

皇太极谕礼部："凡诸贝勒大臣等，染貂裘为袄，缘阔披领及帽装菊花顶者，概行禁止，若不遵而服用，则罚之。衣服许出锋毛或白毡帽，则可用。"此外，又明文规定了贝勒以上诸臣及其家眷属，穿着衣冠的时间与场合。如"八固山诸贝勒，在城中行走，冬夏俱服朝服，出外方许服便服。冬月入朝，许戴元狐大帽，居家戴尖缨貂帽及貂鼠团帽。春秋入朝，许戴尖缨貂帽。夏月许戴缀缨凉帽，素蟒缎，各随其变，不得擅服黄缎及五爪龙等服，若系上赐，不在此例"。

服饰是一种社会符号，这是一种权力的炫耀，还是一种奢靡之风呢？

或许可以说，后金和清朝的上流社会就是展示貂皮华美的社会。因为貂皮袄、貂皮大帽、尖缨貂帽、貂鼠团帽等与貂皮有关的衣冠，只有高级官员才有资格受用，而且冬夏有别，上朝居家禁例分明。

当然，贡貂绝不仅仅是为了清朝高级官员的服饰需要。

仁抚远民，稳定边关才是贡貂制度的根本所在。

六

林海雪原，赫哲族人捕貂忙。

清朝初期和中期，赫哲族人的捕貂热情空前高涨。那时，深山老林里的紫貂资源尚多。

同齐齐哈尔附近的满族猎户相比，朝廷规定的每户每年贡貂一张，对于赫哲族人来说还算不上什么负担。贡貂之后，赫哲族人除了能得到当时在赫哲地区很难得到的必需品，如锦袍、布衣、靴帽、袜之类，还可以获得由官方提供的进行毛皮交易的机会，在经济上是很实惠的。所以，当时赫哲族等把贡貂称为"穿官"。

在一定意义上，贡貂启蒙了赫哲族的商品经济意识。

一七七七年三姓副都统衙门档案载："进贡貂皮之耨德、都瓦哈、雅丹、绰敏、陶五姓姓长五名，每人赏给无扇肩朝衣折合之蟒缎一匹、白绢四丈五尺、妆缎一尺八寸、红绢二尺五寸、家机布三尺一寸……乡长十六名，每人赏给朝衣折合彭缎二丈三尺五寸、白绢四丈五尺、妆缎一尺八寸、红绢二尺五寸、家机布三尺一寸……子弟二名，每人赏给缎袍所用彭缎二丈、白绢四丈、妆缎一尺三寸、红绢二尺五寸……白人八十七名，每人赏给袍子折合蓝毛青布二匹、细家机布三丈五尺、妆缎一尺三寸、红绢二尺五寸。"

这笔穿官账目真是琳琅满目，五彩缤纷。

穿官不但不是一种负担，反倒成了一种诱惑。

从清初直至乾隆年间，赫哲族的贡貂人数逐年增多，以至清政府不得不限定贡貂名额了。一七五〇年，大学士傅恒在奏折中称："所有赫哲费雅喀人等贡貂，皇上重重颁赏者，虽系仁抚远民之至恩，然此等人贡貂时如不规定户数，随其意愿准其进贡，则必视皇上隆恩为定例，陆续增加，天长地久，反致不知皇上隆恩矣！"

这位大学士是做过一番调查研究的。"奴才等查得，康熙十五年赫哲费雅喀贡貂之人一千二百零九户，自十五年至六十一年陆续增加七百零一户，共计一千九百十户。自雍正元年至乾隆十五年，又增加三百四十户。现有赫哲费雅喀人二千二百五十户……奴才等祈请将现今纳貂皮贡之赫哲费雅喀二千二百五十户及库页费雅喀一百四十八户永为定额，嗣后不准增加……"

事实上，这位大学士已感觉到贡貂制度有点走调儿。皇恩浩荡也不是没边无沿的。

没有永久的兴隆，没有永久的鼎盛。

当外国列强的坚船利炮打开中国的大门之后，大清帝国开始走向衰落。割地赔款，国内动乱不止，再加上皇族的挥霍无度，各级官员的腐败，清政府的财政日益拮据起来，很难再拿出大笔款项抚绥贡貂各族了，甚至出现打白条的现象。

官府打白条，赫哲族人也打白条——开始拖延贡貂，今年拖明年，明年拖后年。

清政府非常恼火。咸丰元年（一八五一年），朝廷严令驻防卡伦官员：务将贡貂的赫哲费雅喀人等至今未来城中贡貂的缘由查明。

实际上，也用不着详查，原因就两条：一则清政府不能兑现赏赐，赫哲费雅喀人再无捕貂的积极性；二则由于多年捕猎，林中紫貂确实所剩不多了。

压力最大的是地方官员。

三姓副都统衙门为了交差，满足清皇室对貂皮的需要，不得不借助商人和商号四处购买貂皮。三姓副都统衙门档案中有载：本衙门例应进贡貂皮，现因本地出产无多，不敷购办，是以派出商民汤培莫、王世昌等随带工人二名，前往下江伯力一带购貂皮。

又载：本衙门当即差派五品顶戴领催委笔帖式委章京联桂，带领六品顶戴领催委官常贵并皮商温宜清等，前往盛京等处购买貂皮，以资进贡之需。

再载：缺进额数甚巨，故托与和成利与伯老柜去信，代为购买……

一九〇〇年以后，三姓副都统衙门档案中再无赫哲族的贡貂记载。这时清王朝似乎感兴趣的是鸦片，而不再是貂皮了。

过去车马辚辚的贡道，已被荒草深深地覆盖了。

七

历史把贡貂制度压在厚厚的典籍中,而紫貂还在山林里活动着,并且哺育着后代。

为了弄清它们的一切,科学家们正在苦苦寻找它们的踪影。

在紫貂研究领域中,徐利是国内外知名的专家,他曾带领一个课题组深入大兴安岭腹地,对紫貂的生态习性进行了整整三年的野外跟踪研究,利用先进的全球定位系统和无线电遥测技术,首次较准确地掌握了紫貂昼夜活动节律特征。

紫貂生性胆小,机敏灵巧,它的本领不是进攻,而是逃避。所以,若想同紫貂打交道必须经历重重艰辛,付出极大代价。

徐利说,紫貂在我国的分布区域位于其整个分布区的南缘。俄罗斯的远东地区是紫貂的主要分布区,每年紫貂皮生产达数十万张。

目前,我国野外紫貂的数量很难估计,尚待进一步野外调查。

徐利在发给我的一份传真上写道:紫貂资源减少的原因很多,从程度上看,偷猎是使紫貂分布区缩小和种

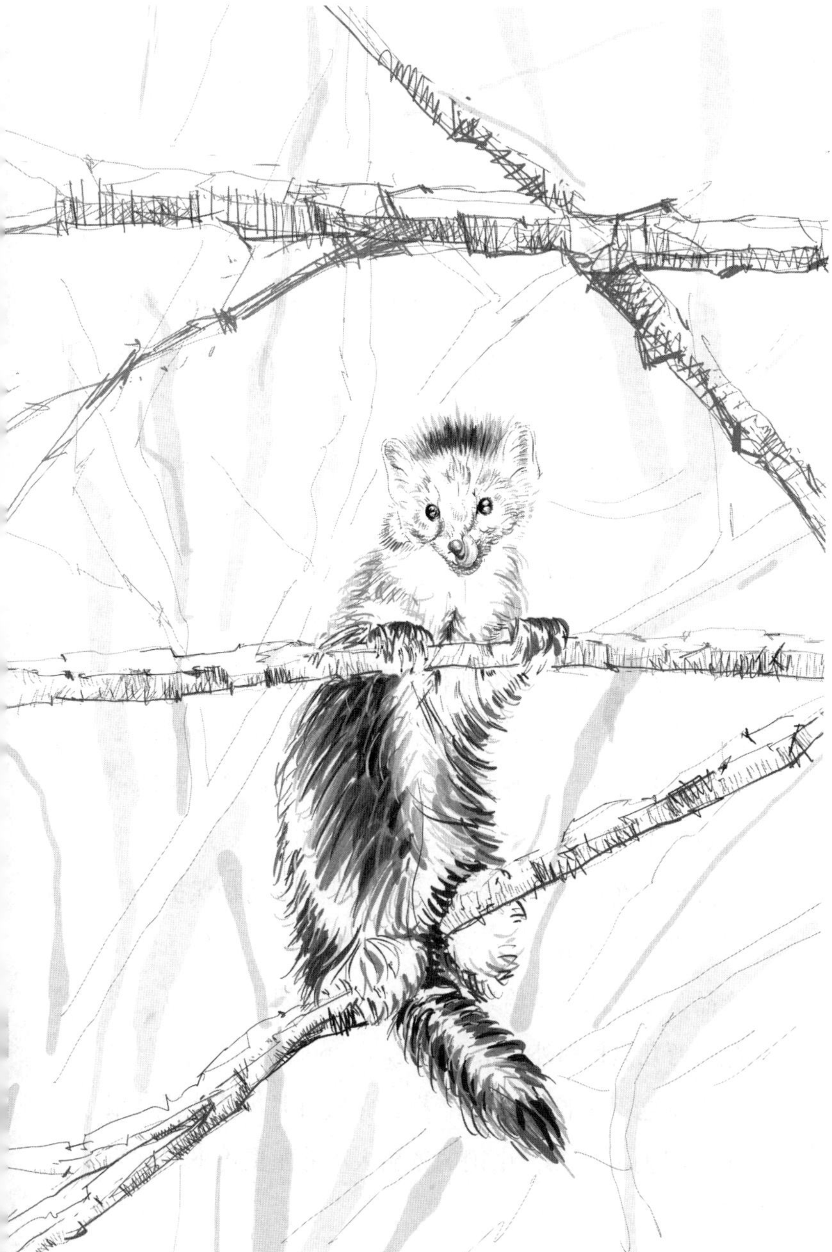

群数量降低的直接和最主要的原因。其次是乱砍滥伐导致紫貂栖息地原始林大面积减少，紫貂失去了自然庇护，难有安宁立身之地。其分布区内人类各种经济活动也抑制了紫貂种群的发展。

由于自然环境的变化，紫貂的求食极其困难，特别是在漫长的冬季，紫貂几乎每日都处在饥肠辘辘的状态中。

此外，林区喷洒的鼠药，既灭了老鼠，也殃及了紫貂。

紫貂人工养殖被视为养殖技术的尖端。目前，国内成功的例子仍旧较少。

位于吉林省的中国农业科学研究院特产研究所（左家所区）早在二十世纪五十年代就攻克紫貂人工养殖这一难题，取得了人工养殖成果，人工养殖数量最多时达到五百只以上。然而，由于野外紫貂数量剧减，经营上形不成规模，失去了产业价值。特别是野生动物保护法颁布后，紫貂被国家列为一级保护动物，严禁出售活体及其产品，这就无形中给紫貂养殖判了"死刑"。所以，左家除保留几只种貂外，未再发展。

毕竟这不是长久之计，若一夜之间那几只紫貂被狼啊狗啊叼去，那么，中国的紫貂人工养殖史不就呜呼哀哉了吗？

损失的是种群，断代的是科学，是该想想办法了。

紫貂野外种群是否有望恢复？在一个细雨蒙蒙的深夜，我拨通了我的老朋友张永明家的电话。永明兄曾任黑龙江省林业厅野生动物管理处副处长，工作之余，练得一身武功，七节钢鞭，舞起来呼呼生风，三五个大汉也不能近前。永明介绍说，拯救紫貂，人工养殖不是根本办法，重要的是怎样复兴其野外种群。通过严厉的保护手段，黑龙江省的部分林区紫貂资源有恢复的趋势，如大兴安岭林区，紫貂活动踪迹逐渐增多。张永明说，紫貂属林栖动物，保护紫貂的前提是保护好森林群落。

对森林来说，那些倒木、朽木及林下的灌木浆果，也许是多余的，但对紫貂来说，没有那些东西就意味着饥饿和灾难。

无为而无不为。保护紫貂的最好办法就是不过多干涉，让它们按照自己的方式在深山老林里栖息繁衍，千万别去打扰它们，哪怕是善意的关爱。

贡貂时代离我们越来越远了，今天的日常话题中不会有"贡貂"这样的词了，在人们谈论股市和金融危机，谈论汽车，谈论政府机构改革，谈论灰色收入的时候，我把贡貂翻腾出来，也许是不合时宜的。不是为了某种历史的凭吊或某种伤感的怀念，我的本意是提醒人们思考一些问题。

千百年来，貂皮，作为皮裘之首的地位一点也没有动摇，皮草商们为了弄到野生貂皮几乎用尽了一切手段，走私、倒卖……黑市里交易依然火爆。

就地理纬度而言，裘皮在新加坡是不会有市场的，因为这里与寒冷和风雪相距太远，几乎四季酷暑，大热天，谁会穿着裘皮大衣招摇过市呢？然而，写《马桥词典》的韩少功去新加坡考察时却发现了一个奇特的现象：这里的貂皮女装行情颇佳。有的女士甚至家藏貂皮盛装十几件，还频频在商店里的貂皮前流连忘返。

开始，作家百思不得其解，后来终于明白了。貂皮的使用价值对于新加坡女郎来说是毫无意义的，但她们压抑不住对貂皮的占有欲。貂皮能够带来的愉悦并不局限于穿戴。经常把貂皮拿出来示人或示己，心里就格外踏实和舒畅。——张太太有这东西，我也有。

貂皮意味着尊严，意味着身份，意味着回忆和憧憬。

如今，纯正貂皮大衣的价格是几万元一件，非大款非巨富或非这个星那个腕儿是羞于问津的。

中国的经济尚没发展到每个人都可以买貂皮大衣的程度。

当那些时髦的女郎在超市上用挑剔的目光选购貂皮大衣的时候，是不会关心林子里还有几只貂的。

第 13 章

红松之美

或许,因为名字,我对松树怀有一种特殊的感情。松树的家族中有油松、湿地松、雪松、樟子松、华山松等等。然而,红松却是我的最爱。它高大,伟岸,通直,不畏风雪和严寒,具有一种不屈不挠的精神和昂扬向上的崇高品格。

每年夏天,我都要利用休假的机会,到东北的老林子里猫上一阵子,远离城市的喧嚣,尽情享受森林的美妙,在红松原始林的木屋里读一些书,安宁而温馨。红松原始林,让我有了反思的地方,也有了躲避酷暑的清凉之地。

在我国,目前保存较完整的红松林原始群落仅有两片,一片在小兴安岭,一片在长白山。红松喜欢生长在湿润松软的黑腐殖质土壤中,从缓坡到高岭险峰以及平坦的山间谷地都适宜其生长。它的表皮棕红，带有灰黑晕，木材细密而轻软，颜色黄白带有微红。红松，即因其材质泛红而得名。它的最大特点是材质结构稳定，纹理通直，光泽美丽，耐朽力强，胀缩力小，易加工，不易开裂，可供建筑，制造车船、枕木及制造器具等使用，是受干湿影响而不变形的良材佳品。

陶铸写过一篇著名的散文，《松树的风格》，他尽情讴歌了松树的精神和具有松树精神的人。陶铸一定是见过红松的，因为解放战争期间，他先后任辽吉、辽北省委书记，东北野战军政治部副主任。红松是东北地区的乡土树种，在植物分类学上属于松科松属中的五针松组，是松属植物中比较古老的一个分支。在长白山的原始森林中，红松是顶级植物，与红松同居于森林最上层的还有鱼鳞云杉、红皮云杉、紫椴、桦、水曲柳等十多个树种。红松林下是毛榛等二十多种灌木，地面上的草本层种类丰富极了。

红松原始林的上空，常常弥漫着黄色的烟雾，像是撑开的宽阔的黄色大伞，把整个林子罩住了。形成这黄色烟雾的，是千万棵红松的花粉。高大的红松上，开着无数朵雌花和雄花，雌花在树冠，雄花在雌花的下方。六月下旬，花开放了，黄色的雄花花粉飘向空中，每一粒小极了的花粉上都有两只小小的鼓鼓的气囊，所以它比空气还轻，能飘到树冠去同雌花结合，能飘到林冠上空，随着气流在那里飘着、流着。于是我们便看到了黄色的烟雾。雨点从空中携带着黄色的花粉降下来，雨水由白变黄。林中大大小小的湖泊水塘都是一片黄。这就是红松原始林中特有的黄雨。每年这种黄雨都在六月下旬降临，时间颇为准确。

夏季，红松原始林中每个夜晚都会降雨，人称"夜雨"。夜雨总是在夜晚气温最低的时候降下。红松林底层是一米多厚的枯枝落叶腐殖质层，像海绵一样包含着水分，水分向空中升腾，遇到冷空气就凝结成水滴降下来，循环往复。夏夜里，夜夜如是。

观赏和体味长白山红松的群落之美、个体之美及原始之美，不能不去露水河。

在露水河林业局施业区内，有一棵红松王，它近五百岁了。每当人们走到这里，都会怀着崇敬的心情去"拜会"它。这棵红松高三十五米，直径一米二四，三人才能合抱。据史籍记载，长白山火山口分别于一五九七年、一六六八年、一七〇二年三次喷发，而距天池并不很远的这棵红松经五世三劫而不枯，顽强而坚韧地生存了下来。一九九三年初，吉林省林业厅厅长刘墨林带领专家细细考证后，提议称此树为"红松王"。

当年，露水河林业局造守护房一座，并刻石立碑，又为红松王造汉白玉护栏,派专人守护这棵老红松。

日历一张一张地飘落,但这棵老红松依然翠绿,依然密致,依然坚硬,依然蕴藏着无穷的力量。站在红松王之下,仰视它的苍翠,立时就会感到一股豪雄之气从岁月的谷底升起,霎时间沸腾了体内的热血。

露水河红松母树林是一九六四年划定的中国最大的红松母树林,面积一万一千七百六十四公顷,是一座天然的优良基因库。红松的球果呈宝塔形,中药上称红松子为"海松子",其含有大量的脂肪酸、蛋白质、维生素等,可用于治疗喘咳、肺结核,具有润肺、滋阴的功能。炒熟的红松子,其香味远远超过榛子、花生、葵花子,不论吃多少都不会有胀腹之感或引起泄泻之虞,反而有润燥止渴的功效。夏季,在红松根旁,还长着一种名贵的真菌——黄蘑,是一种营养丰富、味道极美的滋补品。

生态学家王站教授说:"红松全身都是宝,更重要的是,其生态价值超过它的本身。特别是红松的蓄水量很大,一棵红松就是一座小水库。红松林里,下两个小时的大雨,地表上也没有径流,都被红松根部储存起来了。"

同我国其他森林资源一样,历史上,红松资源曾惨遭掠夺与破坏。

日俄战争后,清政府被迫与日本帝国主义签订《中日会议东三省事宜条约》《中日合办鸭绿江采木公司章程》等丧权辱国的条约，使长白山地区和整个东三省的森林的采伐权、贩卖权、木税权等，均为日本帝国主义所操纵。一九〇五年至一九二九年的二十四年间，仅从鸭绿江江口流送的长白山木材就达两千万立方米，消耗森林资源六千万立方米以上。一九一八年又签订《吉黑两省林矿借款条约》，当年的木材采伐量为三百六十万立方米，绝大多数为日本帝国主义所掠走。"九一八"事变以后，日寇的掠夺性采伐更为严重。这些持续了半个世纪的滥采乱伐，给长白山的红松森林资源造成了毁灭性的破坏。言之，令人痛心！

在我们这个地球上，原始林已经十分鲜见了。长白山的红松原始林是我国现存不多的原始林中极有价值的一个群落。在一个地理区域中，未受人类干扰的、最古老的森林被称为原始林。这是一个模糊的、相对的、难以用数值度量的概念，但也可能是最易判断、最具有实际意义的概念。

生物多样性理论认为，生物多样性具有三个层次：遗传多样性、物种多样性和生态系统多样性。森林包含了区域中生物种类的组合、生物与环境间相互作用的过程，以及经受干扰后的演变过程的最为完整的记录，正如气候顶极群落提供当地植被完整的演变历史那样。这些生态过程记录，是从人为干预下生长时间较短的人工植被中无法获得的。

作为进化和适应基础的遗传多样性，同样只有依靠保存那些未经人为筛选的原始林群落才可能获得。

一片原始林就是一个世界。森林从来不喜欢单一，森林的兴旺发达与其内部结构的庞杂多样不可分割。

长白山红松原始林中巨大的老龄树木和各种年龄树木以及枯立木、倒木和深厚的枯落物层共同构成的"原始"景观不仅提供了多种类型的栖息地，成为保护多种动物不可替代的基本条件，而且，从人们日益增长的"回归自然"的需求来说，原始林也具有它无可比拟的生态价值。

长白山红松原始林为动物提供了良好的栖居场所、隐蔽条件和食物来源，这使得森林内野生动物的种类繁多，数量庞大。东北虎、黑熊、马鹿、野猪等喜欢栖息在针阔混交林或阔叶林中；细嘴松鸡和紫貂等多栖息在针叶林中。

红松原始林中那些枯朽的老松树也不是废物。林学家们的研究结果表明，枯朽的老松树不但不危害中幼龄树木的生长，而且在维护森林自然生态方面，起着极其重要的作用。只有父母儿女而没有爷爷奶奶的社会，并不能算是一个完整的人类社会，森林同样是一个老中青幼树木共生的群体，正因为有枯朽老树的存在，才意味着一方森林的生长有着不同寻常的历史，才构成了完整的自然生态系统。老树还是一个地方适生树种的见证者，没有老中青幼的结合，只有单一树龄的树木，不能算完好的森林。专家告诉我们，枯朽老树有的已经失去了生命或失去了生长能力，不再滋生与传播病害。它们虽然暂时站立林中，占据着一定的位置和空间，但并不妨碍周围幼青树的生长。同时它们那逐渐枯腐的植株，可以作为养料源源不断地供给新生命萌发和生长的力量。恰恰是它们衰枯的木质繁生着大量的天牛幼虫，使得啄木鸟获取了更多的美味佳肴。

啄木鸟是森林的卫士，没有啄木鸟，红松原始林就会缺少一种属于自身的生命因素。

枯朽的空筒老松树，还是紫貂、青鼬、艾虎、松鼠、花鼠、灰鼠、鼯鼠等兽类和原生蜜蜂栖居的巢穴。大空筒树是黑熊蹲仓冬眠的极好场所。虎、豹、猞猁也常常借助大树窟栖身。

据说，加拿大和瑞典等国还制定了有关保护衰枯老龄树木的法规，采伐中，保留一棵老龄空筒树，能得到一定的奖励，而无端伐掉一棵枯朽老树，则要受到一定的处罚。其目的就在于保护森林中各种鸟兽昆虫的栖息环境和维护自然生态系统的平衡。

红松原始林按其自身的生物学、生态学特征有自然

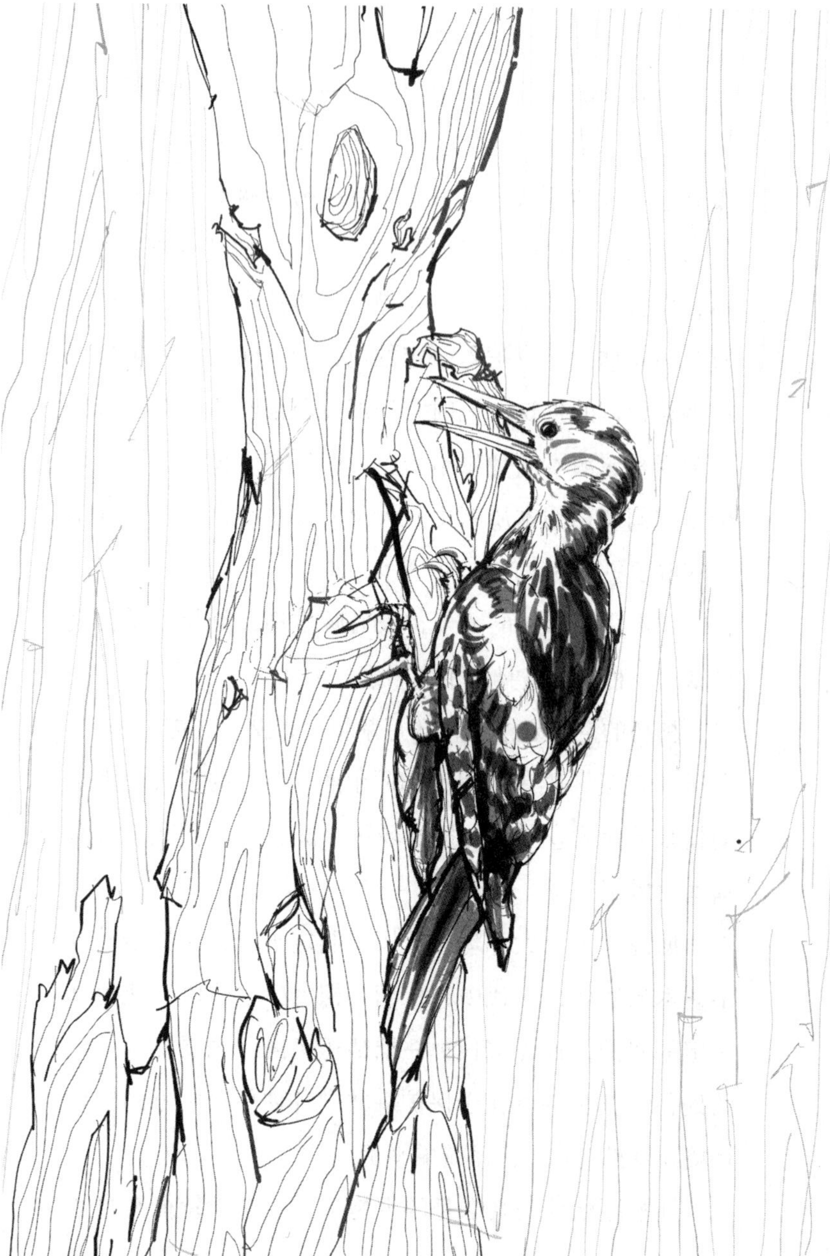

发生、发展、衰亡和再生的规律。它会在打破旧的生态平衡中建立新的生态平衡。

生态系统的自然演变是生物进化的自然过程。正是在这种自然演变的过程中，红松，以其特有的魅力展示着自己的个体美、原始美和群落美。

长白山红松原始林的空间和时间意义都是非同寻常的。

当然，以我的学识，很难说清红松的至善至美，但有一点是可以肯定的，红松原始林的至善至美，不在于它表面的景色以及它给我们提供了多少良材，而在于它的群落细部有条不紊的巧妙安排和万世不变的自然法则，在于它带给我们许许多多的启示，还有勇气、精神和力量。

第 14 章

野性与豪横

早年,在林区行走,我有一个突出的感觉:林区人喜欢大。

比如管林业局局长叫"大局长",管政府市长叫"大市长"。依此类推,在各个单位的一把手的职务之前,皆冠以一个"大"字:大场长,大经理,大主席,大主任,大科长,大段长,大组长。叫的人叫着顺口,听的人也觉着到位。林区人给人起外号也常带"大"字。像"孙大下巴""张大胆儿""马大炮""刘大果子""许大白话"。对主食的称谓也带"大"字,像"大碴子粥""大饼子""大菜包子"等等。一些服务行业管男士叫大哥,管女士叫大姐,语调里透着干脆、爽朗。

林区人说话嗓门亮,喜欢大喊大叫,描述一件事情时总有些夸张的成分。办一件事情时,很少有往小里弄的，整着整着就整大了。不是事情本身大，而是林区人的性格里有一种潜在的"大"在大处等着呢。

黑龙江省森工作家协会主办的一本刊物叫《大森林文学》，是专门刊发林区作者作品的文学刊物。有一次，我问这个刊物的主编吴宝三，刊名为何要加一个"大"字，老吴说："有了一个'大'字才觉着够劲！"

有什么样的生存环境，就有什么样的人。

林区人的性格、气质、精神无不受森林的影响。

林区人豪爽、好客、仗义、敢作敢为。林老大，是人们对林区人的传统称呼。实际上，林老大有这样几层意思：其一是林区人的胸襟开阔，率真且自信，坚强与刚毅中带着粗犷豪放的气质；其二是有一定的经济实力，腰包鼓；其三是透着一股"傻气"，地方上有修路架桥等需要掏腰包的事情，便伸手向林老大要，该掏腰包的掏，不该掏腰包的也掏，这不是"林大头"吗？

林老大还特爱面子，生怕被外人小瞧了。

据说在二十世纪六十年代，上级曾要给一个林业局拨一笔款子，叫他们建一座新的办公大楼，武装一下自身。当时的局长却觉得特没面子，他红着脖子说："这笔钱我们不要，上级实在想给的话就给阿尔巴尼亚或者非洲兄弟吧。建大楼的钱，我们自己有，不就是多卖几车木头吗？"

还有一个故事,早年,大兴安岭某林业局局长晚上和家里人一起看电视。局长的小孙子对局电视台播放的某电视连续剧颇感兴趣,可惜,每晚只播两集,看得实在不过瘾。小孙子便央求爷爷给电视台打电话,让电视台把余下的若干集一次性播完。谁知这位局长竟真的拿起电话给电视台下了"命令":"今天晚上有多少集播多少集,把它全播完,我孙子爱看。"

无奈,电视台只好中断其他节目,把该电视剧一次性播完了,整整播了一个通宵。

若是在非林区,这样的事情不要说林业局局长,就是县长、市长恐怕也难以做到。不是难以做到,而是根本就做不出来。

看来,大有大的好处,也有大的毛病。

"大"该回到自己的本原去,"大"失去制约,就会离谱儿、走调儿,最后遭殃的不光是林子,还有林区人自己。

天然林保护工程的实施尤其要不得这个"大"字。

第 15 章

想起了郭小川

森林总是与诗联系在一起的。

森林本身就是诗,壮美的抒情诗。

很多年没有写诗了,或者说我压根就没有写过真正的诗,不过,这次到小兴安岭采访却让我感受到了诗的力量。

二十世纪九十年代,某日,我们到兴隆林区的二合营林场,了解一片原始林的保护情况,未及下山,便已饥肠辘辘了。回到林场场部,伙房的师傅们已经把午餐准备好。餐桌上热气腾腾地摆着酸菜炖肉与得莫利炖鱼,还有小米粥和黏豆包。我也顾不得斯文了,操起筷子狠狠地夹了几块肉,吃了起来……

当地朋友说,别急别急,还有酒呢。说话间,就有人拿上了两瓶酒。我说:"咱林区正在闹'两危',这酒就免了吧。"朋友笑了,说:"在林区,喝酒是劳动保护,不是腐败。再说,喝点酒下午上山,走路有劲!"

客随主便,于是就举杯,碰杯,仰脖儿。

接着就是吃菜吃菜吃菜!然后又是举杯,碰杯,仰脖儿。三杯酒下肚儿,大家就有点脸色发红,兴致勃勃了。这时就有人站起来清了清嗓子说:"我给北京客人朗诵一首诗吧。"

我闷头吃了半天,肚子里已有八分饱,便放下筷子说:"好啊!"

三伏天下雨哟,雷对雷;

朱仙镇交战哟,锤对锤;

今儿晚上哟,咱们杯对杯!

舒心的酒,千杯不醉;

知心的话,万言不赘;

今儿晚上啊,咱这是瑞雪丰年祝捷的会!

——好!大家一片喝彩!

爱诗的朋友都知道这是郭小川的诗。

在林区,最具影响力的诗是郭小川的《林区三唱》(《祝酒歌》《大风雪歌》《青松歌》)。令我感到惊异的是,我走过的几个林区竟然有那么多的人能够高声朗诵《林区三唱》中大段大段的诗句，而郭小川写《林区三唱》的时间是一九六二年，那时，我还没出生呢。

林区作家姜孟之回忆说，一九六二年十二月八日，身为中国作家协会党组副书记的郭小川到伊春林区深入生活。那是小兴安岭一年中最冷的日子，气温到零下四十多摄氏度。郭小川穿着乌拉、戴着狗皮帽子在新青林业局宣传部部长于济章的陪同下，冒着大雪和严寒，坐森林小火车到金林林场看伐木工人如何伐木作业。他同工人们住在一起，吃在一起，白天跋涉在没膝的雪地里，看工人们伐木打枝造材运材归楞，晚上便同工人们一起围着烧红的铁炉子拉家常，了解工人们的所思所想。当工人们进入梦乡后，他便一个人在油灯下开始写诗，直到次日三点钟。当时，谁也不知道四十三岁的郭小川在写什么诗。

告别林区的前一天晚上，新青林业局局长刘岩备酒为郭小川饯行，郭小川即兴朗诵了刚刚创作的《祝酒歌》。诗歌的节奏和酒桌上的气氛融为一体，不时引起大家的热烈掌声。

那是一个诗的夜晚，大森林仿佛也在倾听着那充满激情的诗句。

诗人尚未离开林区，他的诗就已在林区传诵开了。

林区人说，郭小川是我们自己的诗人。

几十年过去了，郭小川的诗仍在林区传诵，这不能不令我思考良多。回京的路上我突然产生了一个想法，重新发表郭小川的《林区三唱》。

然而跑了北京几家新华书店和图书馆却很难找到郭小川的诗。中国最大的图书馆——中国国家图书馆里肯定会有的，可借书的手续太烦琐，不是说借就借的。无奈，只好请诗人徐刚帮忙，从他的个人藏书中找到了《郭小川诗选》。徐刚说："重发《林区三唱》是个好主意。"

如今，许许多多有着深深的时代烙印的诗都已经过时了。

然而，如果有谁胆敢在林区人面前说郭小川的《林区三唱》过时了，那他有可能被打得鼻青脸肿。

郭小川的诗记录了林区人的光荣与梦想。

或许，连诗人本人也不知道，正是他的这次林区之行，为林区播下了诗的种子。

其后，满锐、屈兴岐、潘青、赵圣铁、鲍雨冰、陈士果、唐俊珊、韩原林、徐国义、吴宝三、董玉振、谷世泰、杨宝琛、姜孟之、傅刚、詹长江等一批知名的诗人或作家便在林区成长起来，有的甚至走出林区，走向了全国。

森林诗流派和森林文学已经成为中国文坛的一种独特现象。

我不知道,到底是森林属于诗,还是诗属于森林。但我知道,森林里仍弥漫着诗的气息,林区生长诗歌,生长浪漫和梦想的时代,还远远没有消逝。

然而,一个声音却说:面对疲惫的山林谁还有心思吟诗呢?

第 16 章

大兴安岭笔记

绰尔，蒙古语，其含义有三解：一解，石头多的河流；一解，水急浪大涛声贯耳；一解，穿透之意。

到底何解呢？曰：穿峡而过的河流。引申之意，也可释为经历了困惑和痛苦之后，一切美好如期而至。

塔尔气

塔尔气，不是塔尔寺。塔尔气，没有寺，也没有塔。塔尔气是大兴安岭林区深处的一座小镇。一横一竖两条街，街两边有楼房，也有商厦。商号店铺的牌匾宽大，上面的字一律横着写。前为蒙文，后为汉文。近年来，随着镇中心玉溪公园的建成与开放，塔尔气的格调略显洋气起来。

玉溪公园里有一处水面阔大的人工湖，与塔尔气河相通。水为活水，鱼翔浅底，水鸟云集。恣意生长的菖蒲和荷花，暗示着这片水域的野性。玉溪公园里景点很多，有"望海楼""知晨亭""迎风阁"等，也有草坪灯、洗墙灯、集成灯等亮化设施。最讲究的，应该是公园的大门了，红柱拱顶，飞檐翘角，门匾上书三个大字——兴隆门，字体苍劲，意味深长。此门似乎也寄托着塔尔气人的渴望和期盼。

五亭山是塔尔气的制高点。一座桥把玉溪公园与五亭山连为一体。森林文化浮雕墙，把大木头时代，伐木工人伐木、造材、抬木、流送、集材、赶爬犁、归楞、装火车等劳动场面，以浮雕的形式，栩栩如生地呈现了出来。或许，在这面墙上就可以找到林区历史发展的根脉。

塔尔气小镇人口不过几千，不算多也不算少吧。

正是因为有了楼房，有了商厦，有了玉溪公园，有了森林文化浮雕墙，塔尔气人才有了充分的底气和自信。不然，满眼都是高矮错落的平房草屋、劈柴垛、板杖子，那跟屯子有什么区别呢？如今，塔尔气彻底脱去了以往固守的一些东西,已经有了与时代同步的感觉。

"在我们这个地方,你只有不停地奔跑,才能留在原地。哈哈哈——"此语虽然说是一句玩笑话,但也多少透露出塔尔气人对待生活的态度。塔尔气人不等,不靠,而是积极寻求改变,寻求幸福和美好。

塔尔气跟绰尔有什么关系呢?这恐怕三言两语说不清楚。但说不清楚也得说,因为不说的话,就更不清楚。绰尔林业局机关所在地就在塔尔气。绰尔不是市,绰尔不是县,绰尔不是镇,绰尔不是村,绰尔也不是什么屯。那绰尔是什么呢?

这么说吧,在行政区划版图上,找不到绰尔。绰尔不是一个行政概念,它是一个地理概念,绰尔是一条河的名字。因为这条河,当初林区开发时,就把林区局取名为绰尔林业局了。林业局是个县处级单位,局长与县长平级。可塔尔气偏偏是一个小镇,林业局在这里是什么气魄,那还用说吗?

然而,此一时,彼一时。此时,非彼时也。

夜晚,塔尔气街上空空,路上闲闲,无车,无人。清晨,新的一天开始了——太阳突地跳出的那一刻,塔尔气的早市就热闹起来了。沿街蜿蜒几百米,皆为摊位。卖肉的,卖鱼的,卖农具的,卖肥料的,卖苗木的,卖野果的,吆喝声不绝于耳。

为了赶早市，我们起了个大早，哈欠连天，任脚步一深一浅，不停地走，眼睛寻寻觅觅。

"刚刚采回来的野果啊——嘎嘎甜哪！"

终于，我们在卖黑加仑和蓝莓的摊位前停住脚步。只见那粒粒饱满的果子还带着露珠呢！怎么好意思讨价还价呢！——这是自然的馈赠啊！——全要啦！

蘑菇圈

布封说，所谓文明，就是人类创造的保护自己的围栏。

然而，悖谬的是，人——现代社会的人——时刻都梦想着冲破这道围栏。

置身大兴安岭林区，我们常常忘掉那道围栏。在这里，布封所说的围栏也许根本就不存在。抑或存在，但已经长成有故事的蘑菇了。

绰尔林业局河中林场，现在正是采蘑菇的季节。今年的蘑菇非常多，林子里尽是蘑菇圈。轰隆隆！轰隆隆！几声闷雷响过，蘑菇就醒了——花脸蘑、榛蘑、松蘑、龙须菇、草菇、牛肝菌及各种菌类争先拱出地面——愣愣地打量着世界，头上还带着乱蓬蓬的草叶、苔藓。其实，蘑菇是有"眼睛"、有"耳朵"的，虽然我们看不到，但能感觉到。蘑菇的眼睛忽闪忽闪,眨着,就有鸟语从空中震落下来;长长的耳朵,三百六十度探听着,捕获到的岂止是森林深处的声音呢。

通过细心地观察蘑菇,也许能完全改变我们对世界的看法。

在森林里,只要向下看,就会不断地有意外和惊喜出现。并非所有蘑菇都能吃,有的蘑菇能食用,有的不能食用。能食用的,就是山珍异宝;不能食用的,就是有害的毒物。

绰尔的朋友于霄辉告诉我,越是漂亮的蘑菇,可能毒性越大。千万不能被蘑菇漂亮的外表欺骗了。剧毒的蘑菇,能要人的命。据说,早年间,林区的夏季,误食毒蘑菇致死的事情经常发生。

蘑菇非草非木,它是另外一种有趣的生命形态——菌类。地球上可能有五百万种以上的菌类,我们知晓的仅仅是数量很少的一部分。蘑菇在土壤、腐殖质层、枯木、落叶上生长,它的使命和功能就是消化和分解死去的植被。在一定意义上,可以说,蘑菇是从腐败生物体上创造出的传奇。它把所有养分回收至土壤中,滋养草木,滋养生命。

在森林里,草木、动物与菌类是一种共生共存的关系。森林绝对不仅仅是我们看到的那些树——它是一个群落——即便看起来结构相对简单的森林,可能也有成千上万种生物。森林的自我修复能力是强大的,但这种强大很大程度上取决于蘑菇等菌类的分解力和创造力。当腐败之物行将瓦解的时候,蘑菇将一切消极的能量迅速转化,靠自身的内聚和吐纳,建立起生态系统中新的法则、新的秩序。

因为蘑菇,森林里的腐败之物获得了新生。

蘑菇,并非意味着生命的残局,它恰恰彰显了倒木、枯木、病木等存在于森林中的价值和意义。在阴暗的角落,它昂扬勃发,脆弱中似乎有着更为强烈的东西要冲破一切。蘑菇提醒我们,森林里从来没有剩余物,从来没有所谓多余的荒凉——每一个孤独的灵魂,都在孤独处,找到了自己活下去的理由。

苇岸说,世界上的事物在速度上,衰落胜于崛起。我要说,不,蘑菇改写了这样的说法——崛起终将取代衰落。蘑菇与森林里其他生物体的联系超出我们的想象。一位生态学家说:"如果你不知道森林里有什么,你就无法知道什么叫森林生态系统。"然而,我们对森林的了解如此之少,甚至,连哪些蘑菇有毒,哪些蘑菇无毒,都没有完全搞清楚。没有蘑菇等菌类,森林中倒下的枯树就会层层堆起;没有蘑菇等菌类,森林里的生命链条就会断掉,那张我们看不见的"生命之网"就会脱落。

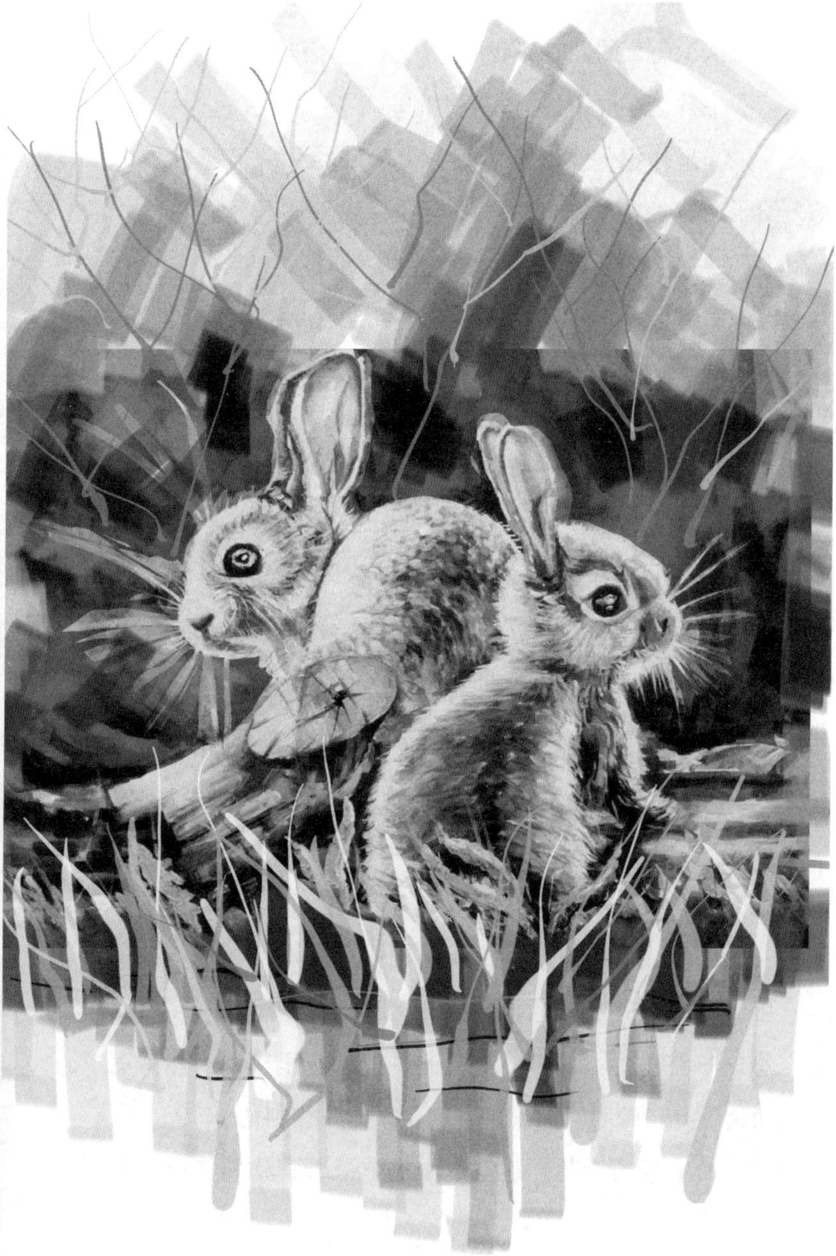

认识蘑菇的同时，我们也认识到了万物的复杂性。

午餐是在河中林场场部吃的。

当地作家何康红把在森林里采来的一袋子蘑菇，交给了厨房的师傅烹饪，不一会儿，这些蘑菇就成了餐桌上的一道美味。当然，桌子上的菜都是"土菜"，每道菜都野性十足。除了蘑菇，还有柳蒿芽、蕨菜、野韭菜、野芹菜、黄花菜等等，或凉拌的，或蘸酱的，或素炒的，均风味独特。"硬菜"是不会缺席的——酱焖嘎鱼，杠杠香。呀，咸鸭蛋是双黄蛋，一切两瓣儿，实在是诱人，蛋白——晶莹剔透如美玉；蛋黄——红心两颗透着喜兴。主食呢，煮玉米，烀地瓜，还有大碴子芸豆水饭。

用林区人的话说——"可劲儿造吧！管够！"

信步河中林场街头，只见家家户户屋檐下都晾晒着蘑菇。有的摊在笸箩里，有的摊在草席上。时不时用手翻一翻，阳光便一点一点地把蘑菇上的水气吸去了。那水气就成了天上的云。唉！难怪天上的云朵都像蘑菇呢！

也有很张扬的人家，干脆把蘑菇穿成一条一条的长串，一嘟噜一嘟噜悬挂在架杆上晾晒。微风中，荡荡悠悠，悠悠荡荡。偶尔，有鸟光顾，四下里望望，然后飞快地啄几口晾晒着的蘑菇，就又振翅飞往别处了。

河中林场，甚至连空气中也弥漫着蘑菇的气味。于霄辉说:"今年雨水好,响雷稠,蘑菇比往年多。嗯,年景差不了!"

我不解的是,蘑菇为何就喜欢听雷声呢?没有雷声的季节,它是怎样蛰伏在大地里的?是怎样积累自己的能量的?蚯蚓是它的同伴吗?

我们的欲望和念头太多,我们总是企图按照我们的想法改变一切、控制一切,却忽略了自然,忽略了一些微小的事物。其实,布封所说的文明大厦的围栏根本不堪一击,一朵蘑菇就可使其坍塌。

也许,毁灭与创造之间只隔着一朵蘑菇。

人在地球上所做的改变与文明无法分割地交织在一起,如果说控制自然就是文明的话,那么对于自然来说,也许它不需要这样的文明。我们是不是应该重新认识文明了——文明关注的到底是人和社会,还是自然和地球呢?

大峡谷

绰尔大峡谷。

"看,老雕窝!"于霄辉用手指了指劈面而立的峭壁说,"老雕窝就在那上面。"峡谷峭壁因岩石风化的程度,时间的演变,以及所含矿物质的不同,而呈现出不同的颜色。有的，一块一块鲜红；有的，一块一块黝黑；有的，一块一块淡紫；有的，一块一块铁灰。观察的角度不同，看到的色彩也不尽相同。有道是：变幻莫测，气象万千。

"哪儿呀？哪儿呀？"我们翘首使劲往上看，在几十丈高的崖壁顶端似乎有一堆柴悬在那里，"那就是老雕窝吗？"

于霄辉笑了，不言语。

峡谷峭壁高度一千二百八十米，其上有一处张着阔阔大口的石洞。洞口，冷风飕飕，寒气袭人。神秘的老雕窝就在洞口上端的石臼里。也许，最危险之处，就是最安全之所。老雕是猛禽，食肉动物。早年间，曾经有老雕栖息在这里，它们捕猎河里的鱼，叼到窝里喂养幼雕，也捕猎狍子、飞龙、老鼠、松鼠。老雕窝下端的地面上，骸骨累累，一片狼藉。老雕的影子一旦在空中出现，大峡谷的各个角落，就簌簌地抖动，无数生命各自逃遁。

大峡谷纵长三十七公里，横宽约四公里，最窄处只有一箭之地。谷深幽幽，峡谷谷底流淌的河流叫莫柯河，河水平缓，少语寡言。河里水草清晰可见，有一种唤作"柳根"的鱼集群游动。我们散乱的脚步声，也许惊到了它们，它们迅速转身，隐入深水里，只有溅起的水花，还在水面泛着涟漪。莫柯河在大峡谷狭口一端注入了绰尔河,汩汩滔滔向前流去。

"丢——溜溜!"老雕的唳声从峭壁上传来。

"丢——溜溜!"

回音缥缈,"丢——溜溜!"

远古时期,大峡谷是活跃的火山喷发带,色彩斑斓的遗迹至今尚存。重重堆积的火山石,遍布峡谷南侧的山岭。那些蜂窝状的火山石,历经岁月的剥蚀和风雨侵袭,沉默不语。薄薄的苔藓覆盖其上,斑斑驳驳的暗影里时常有地鼠和黄鼬出没。

老雕是绰尔大峡谷里的王。王者就是王者,无须多言——栖于此,就是此处的主宰。它统治着这片森林,时不时,就有一团恐怖的影子从空中滑过。它以这种独有的方式,展露自己的威严。因为老雕,森林里的野生动物种群得到了优化。大峡谷里充满了生命的律动。

树,很多。乔木有兴安落叶松、蒙古栎、白桦、黑桦、甜杨,也有灌木,如红柳、越橘、稠李子。野果都熟了——黑加仑像葡萄,灯笼果像红豆,刺玫果像火柴头。啊,绰尔大峡谷是如此的丰饶!枯木也是有的,它们或卧在林间,或躺在荒草中,安然处之。落叶松生长在火山熔岩上,根紧紧抓住能够抓住的一切,并深深扎进熔岩缝隙间,吸取营养,稳固树体。在我们眼睛看不到的地下，建立起复杂的根脉体系。大树长了很多年，年轮环绕着年轮。当大树还是大树时，长到尽头，就长不动了，就坚韧地挺立着。直到有一天，油锯嗡嗡作响，巨大的落叶松一棵一棵倒下，森林里的秩序被喧嚣搅乱了。

"丢溜溜——"

"丢溜溜——"

哀鸣声在峡谷里回荡，那只老雕在峡谷的上空久久地盘旋，最后它绝望地向大峡谷看了一眼，那团孤独的影子就永远地消失了。

若干年前，绰尔林区开始实施天然林保护工程，禁止所有采伐行为，给森林以时间，让它充分地休养生息。春去春又来，也许，时间能够改变一切。然而，改变总有原因，要么是恩赐，要么是教训。在时间的进程中，山峦可能被削为平地，河谷可能被切割出峭壁。终于，残破的森林渐渐愈合，传奇重现了。

绰尔大峡谷的森林，可能是大兴安岭森林中最具代表性的，也许，它的群落形态不是最完美的，但对于人类而言，它一定是最接近原始样貌、最具典型性的森林。

森林不修边幅，无须照料。厚厚的松针和落叶，遮蔽了山路。是的，它既能毁灭，也能重生。

"丢——溜溜！"

"丢——溜溜！"

那熟悉的叫声，令人欣喜不已。莫非那只老雕回来了，还是它的后代成了这里的新的王？

敖尼尔

傍晚，我们来到敖尼尔林场场部。我们将在民宿的房子里过夜。有些兴奋，迟迟没有睡意。民宿房间里的床、桌子和椅子都是用当地松木制作的，有一股我特别喜欢闻的浓浓的木头的芳香味道——那是一种久违了的味道。

敖尼尔，鄂温克语，意思为兴旺发达的土地。

这里距绰尔河仅有二十余米的距离。入夜，敖尼尔静极了，除了一两声狗吠，没有一点声音。睡下了，又霍然而醒。隔窗望月，浮想联翩。望够了，便又酣然睡去。森林、河流、峡谷、花朵、明月，以及连日来经历的美好事物，一一入梦。

林场职工过去都是伐木工人，大禁伐后，成了护林人。除了日常的巡山护林外，家家户户搞起了民俗旅游和林间养殖，收入相当可观。

民宿的房子统一起了一个很是具有浪漫意味的名字——河湾人家。家家统一编号，一个个蓝色的门牌挂在院门的上方。如：河湾人家——002号——苑承国。来旅游的人，多半一住就是十天半个月，白天出去摄影，晚上回来歇息。这里有拍摄绰尔河转弯的最佳地点，可拍河上的晨雾，拍河水翻卷浪花的瞬间，拍野鸭戏水的场面，等等，只要你有运气，美景轻而易举就能拍到。

次日清晨，我们早早起床，漫步到绰尔河的河边尽情地深呼吸。哇！神清气爽！顿时，个个昂着首，挺着胸，像赢了一样。

从河边向敖尼尔遥望，河湾人家的民宿房子很有林区特色。墙是白墙，房顶铺红瓦，门窗涂着绿漆，是那么朴实自然，又是那么富有诗意。何不去林场职工的家里看看呢？何康红带着我们走进林场职工苗亚娟的家。哈，好宽敞的院落呀！院落的两侧是菜园，种着白菜、豆角、西红柿、小葱、青椒。苗亚娟正忙着做早餐。桌上摆着一屉馒头、一盆小米粥、一碟咸鸭蛋、一碟卜留克咸菜丝，还有一盘手撕烧鸡。她的女儿正拿着烧鸡腿，啃呢。我笑了，说："哈，早餐就有烧鸡吃啊！"何康红说："林区人干活儿体力消耗大，早餐必须吃饱吃好！"

苗亚娟一家三口人，丈夫到林子里巡护去了。苗亚娟家养了二十头牛，在林间草地散放，一头牛年底能卖一万三千元，二十头牛一年能收入多少，算一算就知道了。

苗亚娟是个快言快语的人。她告诉我们，这几年，随着森林生态系统的逐渐恢复，林子里的野生动物越来越多，黑熊吃牛犊子的事每年都有发生。

"你家的牛犊子被吃过吗？"

"被吃过，去年一年就有五头牛犊子被黑熊咬伤。黑熊是国家保护的野生动物，牛犊子是我们的私人财产，也应该受法律保护呀！"

"找林场论理了吗？"

"找了也白找，场长说，林子里是黑熊的地界，不是牛犊子的地界，牛犊子闯进黑熊的地界吃草，本身就'侵权'了，黑熊吃了白吃！"说完，苗亚娟自己也哈哈哈乐了。

举目满眼绿，移步全是景。敖尼尔的街道两边摆满了花坛，花坛里是盛开的菊花和鸡冠花。从那一张张笑脸上，我们能感觉到，林区人是快乐和幸福的。

森林，是林区人的一切。

在这里，自然看起来遵循着丰富、繁茂和多样的原则，就像我们在森林群落中所观察到的那样——森林并未被限制在单一的结构中。森林，几乎没有空白之处，即使有空白之处也会很快被填满。比如，牛。虽然，牛犊子有被黑熊吃掉的危险。

于霄辉绘声绘色地讲述道，在敖尼尔，也有野生动物混入牛群的情况发生。马鹿、狍子常跟牛群相伴相随，或者夹杂在牛群中悠然地吃草。有一年春天，林场一个职工家的母猪莫名其妙地丢了，到处找找不到。次年七月的一天，那头母猪居然自己回来了，还带回了十二头花腰小野猪崽呢。

受此启发，后来每到母猪发情期，林场职工就干脆把母猪赶进山林，任其"自由恋爱"。只是在林间空地撒些黄豆和盐粒，供母猪与野猪享用，以补充体能。如此这般，母猪欢喜，野猪欢喜。人呢？人也欢喜呀！

我忽然想起一段话。

那段话是这样说的：美德叠加美德，美德就会增长和延伸。美德也能把极端向着中间的方向和缓、冲淡、减弱。美德从观察自然，而且只从观察自然开始。

归因于道德因素的东西，往往也都有自然因素的结果。

是的，生态涵养着美德，美德亦能涵养自然的无限生机。

林中小语

"山为锦屏何须画，水作琴声不用弦。"

林区朋友赵春雨说："绿色是绰尔的底色，也是最大的财富和后劲儿。从增绿护绿到用绿，在绿水青山间，绰尔找到了一条生态建设和生态经济的可持续发展之路。"另一个朋友宋永利则说:"绿色发展需要绿色思维。""绰尔正在着力打造森林康养基地、森林小镇、森林人家,森林步道等林区品牌,大力发展生态旅游业。相信用不了多久,绰尔林区将成为中国最美的全域旅游目的地之一。"从谈话中,我能感觉到,赵春雨和宋永利语气的坚定,他们对林区的未来充满自信。

林区告别了伐木时代,正在掀开绿与美的崭新篇章。

什么是森林?什么是生态?在我们临别大兴安岭林区的那个晚上,我一遍遍反复问自己,却理不出一个清晰的头绪。

答案或许就在绿水青山之间,置身大兴安岭广袤的林海中,倾听着那阵阵松涛之声,这,还是问题吗?

森林,需要空间的分布,也需要时间的积累。

一个声音说,自然中,生物的多重物种,永远好于某一物种内部有多重个体。自然界有自己的秩序。它不必是一个数字秩序,也不必是一个几何秩序,而是一个超越了数字,超越了几何的活生生的秩序。差异和不平等对于秩序来说,是完全必要的。事物的多样性决定了事物的差异性。如此,才能形成一个具有复杂层级和复杂形态的稳定的生态系统。

此言,说的不就是大兴安岭的森林吗?

第 17 章

睁一只眼闭一只眼

"哇的一声,夜游的恶鸟飞过了。"

多年前,我读鲁迅先生写下的这句话时,就在想——那只恶鸟是什么鸟呢?鲁迅先生接着写道:"我忽而听到夜半的笑声,吃吃地,似乎不愿意惊动睡着的人,然而周围的空气都应和着笑。"

唉,那只恶鸟还经常半夜发出笑声,够吓人的啊!后来,我渐渐知晓了,鲁迅先生笔下的恶鸟是什么鸟——它脑袋硕大,脸庞宽阔。它的名声,如同它的长相一样不怎么样,充满诡秘、悬疑,甚至是恐怖。它的眼神,能穿透黑暗,炯炯放着寒光。白天,它隐在树洞里或者荒草丛中睡觉。睁一只眼闭一只眼,样子似睡似醒。其实,不是醒,是真的在睡。它对事物的感知和判断,是颠倒的——傍晚,是它的早晨;笑声,则是它的焦虑，也是它发出的预警。

此鸟唤作猫头鹰。

它的头像猫，眼睛像狼。如果把它惊醒，它会双眼迷离，颇不情愿地飞起来，颠颠簸簸，晃晃荡荡，犹如被酒灌醉了一般。是边飞边睡吗，还是边睡边飞呢？真担心它忘了扇动翅膀，一头栽下来。

它的脸部永远戴着一个大盘子般的面具，再配上两只大眼睛，整体跟猫脸相似。如此脸盘可不是为了讨猫欢喜，而是另有他用。他用何用？看看它的耳朵吧——两只小耳朵高耸，时刻保持警惕。当然，放松时，也可以随意扭动。它的耳朵是上下错位的，耳洞则位于脸盘两侧的羽毛下。它的耳洞开阔且幽深，与大多数动物的耳洞截然不同。脸盘的作用，类似于家用电视的卫星信号锅。换句话说，猫头鹰满脸都是耳朵，它可以更多地接收声波，汇总分析，判断声音来源。

由于它两只耳朵错位，导致两个耳洞并不对称，这就造成声源传到两耳的时间有偏差。怎么办呢？还能怎么办？它略微动一动脸盘的角度，就解决了偏差问题，它的脑袋可以转动两百七十度呢。何况，它就是利用声音到达两耳的时间差和强度差定位猎物的。在完全黑暗的情况下，它闭着眼睛，也能抓捕猎物，凭借的就是超级厉害的听觉，更进一步说，是头部"大盘子"提供的

"信号",使得它定位准确,毫厘不差。

猫头鹰的嘴并不很长,如钩,也如倒扣着的铜铃,对猎物捕之、抓之、啄之、刨之、抛之、拎之,生猛,强悍,有狠劲儿。

猫头鹰的羽毛有特殊的结构,使猫头鹰自带消音功能,飞行时简直胜过隐形无人机。当夜幕降临时,它摇身一变,成为悄无声息的暗夜杀手。它每一次捕食都不随意,不出击则已,出击必是"闪电战","斩首"毫不犹豫。

猫头鹰常捕捉的猎物有田鼠、仓鼠、鼹鼠、野兔、跳兔等,它能把猎物整个吞下去。肉消化后,不能消化的骨头、羽毛、毛发等残物渣滓会被它的嗉囊肌压缩成小团,从食道到达口腔,被一团一团吐出来。它也吃蝙蝠、蛇、蜥蜴、金龟子、蝗虫、蝲蛄、甲虫以及小鱼、小鸟等。一只猫头鹰每年可以吃掉一千多只老鼠、数不清的害虫,相当于为人类保护了数吨粮食。它不知疲倦,夜晚飞行时幽灵一般,飘忽无常,常常白影一闪,就消失了。

人惧怕黑暗,所以,借助火,发明了灯,为自己照亮,为自己壮胆。而猫头鹰却是黑暗的挚友,与黑暗同谋。虽说猫头鹰不讨厌阳光,但它更善于利用黑夜做事。

"不怕猫头鹰叫,就怕猫头鹰笑",通常,猫头鹰的叫声,有点像发情期的猫的叫声——"咕咕喵!""咕咕喵!"只有焦虑或者发出警告时,才发出怪异的笑声——"哈呀呀——哧啦!""哈呀呀——哧啦!"声如装修工手里号叫的电钻,尾音撕裂,划破宁静的夜空,闻之令人毛骨悚然。

猫头鹰背负着恶名。

但它从不争辩,从不抱怨,从不解释。

村口有一棵老榆树,树龄约有七百年了。翁翁郁郁,聚气巢云。村主任的桑塔纳常停在老榆树下。不想,有一天村主任从刘寡妇酒馆出来时,却发现桑塔纳的前挡风玻璃上,喷溅有两摊鸟屎。——晦气!狗日的!村主任狠狠骂了一句。抬头看看头顶的树冠,静悄悄的,却什么东西也没有。

看我怎么收拾你!村主任搬来一把木梯,腾腾腾爬到树上,左寻右找,上探下捅,可是连根鸟毛也没发现。他刚要退步下来,却发现一个被树皮遮挡的树洞里,一双鬼魅的眼睛放射出杀气。啊呀!村主任吓得大叫一声,腿一软,从树上跌落下来。幸亏树下有一个麦秸垛,否则,村主任必然一命呜呼了。

突突突,桑塔纳一溜烟开走了,朝着县城的方向。

桑塔纳后备厢里装着两块腊肉、两串蘑菇。次日，县林业局来了两个专家，在老榆树下转了几圈，还蹲下来，戴上白手套，抠开树皮，小心翼翼用镊子夹出几条虫虫，放进玻璃罐里，还对着太阳，晃了晃。虫虫在玻璃罐里蠕动。末了，专家摇摇头。

  伐树手续办妥了。村主任找到三德子。三德子开了一家木器店，加工制作旅游工艺品，比如，手串啊，笔筒啊，水杯啊，木勺啊，筷子啊什么的。家里有一把狼牙牌电锯，是锯大木料时才用的。村主任想好了，伐树的事就得三德子办。村主任说，三德子，你把村口的那棵老榆树伐了吧。三德子正在闷头按手机，给女朋友发微信呢。他抬头看看村主任，说，行啊，给多少工钱？村主任说，没工钱，村委会账上没钱了。

  三德子说，我整天忙着呢，最近正赶制一批手串，人家等着发货呢，你还是去找别人吧。村主任说，找别人你不后悔吗？三德子说，后悔什么？村主任说，我听说老榆树地下的树根，可是制作手串的上等好料！谁伐倒老榆树，地下的老树根就归谁。说完，转身就走。

  三德子眼睛一亮，冲着村主任的背影说了一个字，行。接着他收起手机，就去角落里取电锯。

  嗡嗡嗡——嗡嗡嗡——黄昏时分，村口响起狼牙牌电锯的轰鸣声。三德子正在埋头操作时，一道白影罩住了他的脑袋，接着，啪啪！三德子的头被什么东西狠狠抓拍了两下，他立马应声倒下，口吐白沫，不省人事了。

电锯还在空转着，嗡嗡嗡！嗡嗡嗡！

正在刘寡妇酒馆喝酒的村主任闻讯后，大惊失色。他稳稳神，立马招呼几个人，用门板把三德子抬到乡卫生所抢救。折腾半天，总算是没白折腾，三德子醒过来了。可是，鼻子却歪向了一边，嘴巴也斜了，说话也呜啦呜啦的了。

村口，老榆树，被三德子锯过的老榆树，锯口流着褐色树液的老榆树仍然矗立在那里。

某日傍晚，老榆树下正在放露天电影。电影的名字叫《追捕》，是日本电影，高仓健演的男主角。电影的女主角叫真由美，长得真好看。当时，高仓健演的男主角杜丘正被东京警事厅的警察追捕。"抓住他，别让他跑了！"眼看杜丘就要被警察抓住了，危急时刻，真由美骑着马出现了。真由美拉了杜丘一把，杜丘翻身上马。杜丘抱着真由美骑着马，在东京街头狂奔。电影里的音乐响起——啦呀啦——呀啦呀——啦呀啦——啦呀啦！

这一段刚刚演完，胳膊上绑着绷带的矢村警长出场了，他刚一张嘴，还未及说话，只听夜的深处，传来猫头鹰的一声狂笑——"哈呀呀——哧啦！"

闻者惊悸。

突然,就听有人喊:"着火啦!着火啦!""三德子家的木器店着火了!"

银幕上满是雪花,纷纷扬扬,电影中断。

村主任高喊一声:"赶紧去救火!"

于是,人们呼啦啦迎着火光,往三德子家木器店方向奔跑。现场人声嘈杂,救火的救火,看热闹的看热闹。村主任现场指挥,在老井旁架上水泵,接上水管子,发动马达,哒哒哒,一通猛滋,终于把火扑灭了。现场泥水横流,一片狼藉,弥漫着焦煳的气味。有人拿着手电筒晃了晃,只见冒着黑烟的灰烬里,有个东西拱了几下,拱出一个脑袋。村主任上前把那个脑袋拉出来,一看是三德子。

三德子眼睛一眨一眨的,看着村主任,笑了,满口白牙白得吓人。

此时,恍若有道白影在头顶一闪,就隐了。

那棵老榆树的对面,就是刘寡妇酒馆。

酒馆为木刻楞,一间厨舍,两间餐厅。酒馆的屋檐下,挂着一串串蘑菇,一串串红辣椒。风一吹,晃晃悠悠。无风,就蔫蔫的,晒太阳,也不动,也不摇。

刘寡妇很丰满,胸大臀翘。脸白白的,嘴角有个大酒窝，大眼睛看人忽闪忽闪的。说话细声细语，人听了软绵绵的。此时，刘寡妇系着碎花围裙，正在厨舍的案板上切腊肉。一块一块的老腊肉挂在灶台上方的横梁上，被熏得乌黑发亮。老腊肉渗出的油，就滴到灶台上。刘寡妇瞥一眼，想去擦，但一转身，总忘了擦。

村主任坐在临窗的桌子旁，守着一盘蒸腊肉、一碟油炸花生米，还有一壶二锅头，透过窗子望着那棵老榆树，两眼发呆。天，渐渐黑下来了，那壶酒，凉了，温。凉了，再温。反反复复，好多次了。村主任不动筷，也不动酒。就那么望着对面的老榆树，一言不发。他好像在等什么。等什么呢？只有村主任自己知道了。

唰！一道白影一闪。立时，酒馆里似有一股风，旋了一下。接着，一只想要舐食腊肉油滴的老鼠，刚刚在灶台上露头，吱的一声就被擒住了。

吱吱吱！唰！白影就幽灵一般飞出去了。

三天后，村主任在老榆树下的麦秸垛旁边，发现了两只刚出蛋壳的小雏鸟，浑身沾满草屑，正在乱爬。一定是从树上掉下来的吧。他抬起右脚准备把这两只"孽种"踩死，可高高抬起的脚，又轻轻放下了。

看着小雏鸟近乎哀求的眼神，村主任心软了。

他将那两只小雏鸟抱进刘寡妇酒馆。他嘱托刘寡妇，

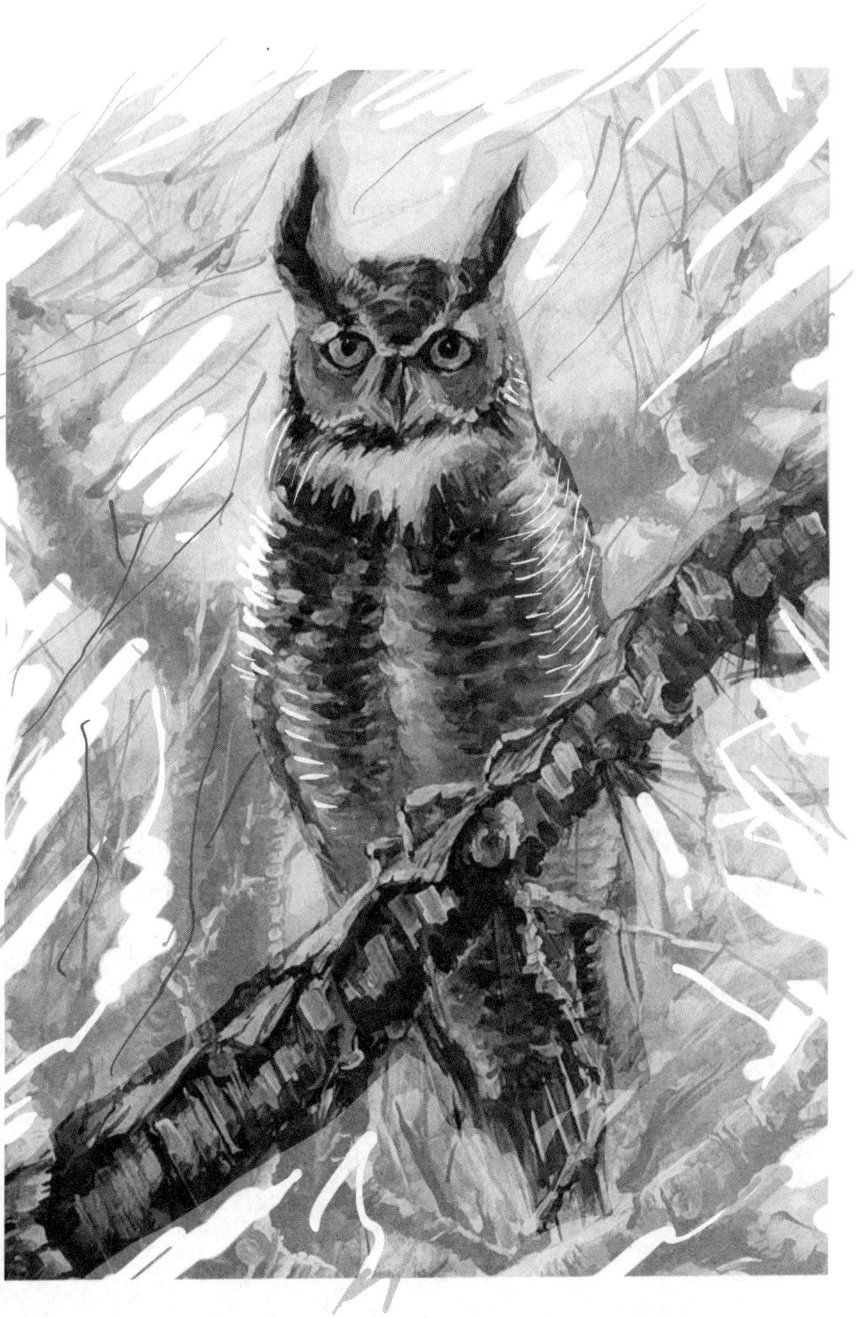

把两只小雏鸟喂大。买肉钱和工钱由他出。说着掏出三百元,拍到柜台台面上。

刘寡妇真是细心,用一个竹笼将两只小雏鸟装进去,里面置放了两个小碟子,一个每天定时投放肉粒,一个定时置放清水。刘寡妇还时不时为两只小雏鸟梳理羽毛、洗澡。为了增加腿劲儿,还在竹笼里固定了一根木棍,让它们练习抓杠。几个月的时间,两只小鸟就渐渐被喂养大了。轮廓和面貌也更加鲜明了——原来这是两只小猫头鹰呀!

村主任来刘寡妇酒馆喝酒,每次都不经意地瞄几眼。

突然,有一天傍晚,刘寡妇酒馆的窗台上,落下一只猫头鹰,咕咕喵——咕咕喵!叫个不停。

正在喝闷酒的村主任明白了,这两只小雏鸟是它的娃娃,它是领娃娃来了。村主任叫刘寡妇拎出装着小鸟的竹笼,置于窗台上。村主任打开笼门,转身回到屋里偷偷观察。只见猫头鹰的大脑袋快速转动,见四周没什么危险,就将一只爪子探进竹笼里,抓出一只小鸟。四处看了看,接着,又抓出另一只。再接着,翅膀一抖,一只爪子拎一只小鸟,就消失在了茫茫夜色中。

咕咕喵——咕咕喵!

村口的老榆树上,传来几声猫头鹰的叫声。

刘寡妇酒馆后院有一鸡舍，养了一群鸡，七只母鸡，五只公鸡。七只母鸡里有三只芦花鸡，两只乌鸡，一只橘黄鸡，一只珍珠鸡。五只公鸡里有三只大骨鸡，两只红冠鸡。开酒馆嘛，除了蒸腊肉，小鸡炖蘑菇就是食客们最喜欢吃的硬菜。这天夜里，刘寡妇正在熟睡之际，后院的土墙上蹿上来一只黄鼠狼，要偷袭鸡舍里的鸡。

鸡舍里一阵躁动，受惊的鸡瑟瑟乱抖，不知所措。说时迟，那时快，一道白影一闪，呼地一下就摁住了黄鼠狼的脑袋，接着，用力一抛，就把黄鼠狼抛出了后院的院墙。黄鼠狼哪里还敢打鸡的主意，一骨碌爬起来，惶惶然，遁之。

咕咕喵——咕咕喵！

刘寡妇翻个身，全然不知。她正做梦呢。

雨季说来就来了。

大雨连下了三天。雨里看不见雨了，全是水。

村主任带领村民昼夜抗洪，还好，村民的房屋和农田没有遭受太大损失。傍晚，村主任开桑塔纳去县城开紧急防汛会议，连夜往回赶。车开到村口桥头时，嘭的一声响，一只大鸟就撞在了桑塔纳的前挡风玻璃上。他一脚刹车踩下去，车刹住了。他定睛一看，是那只猫头鹰。猫头鹰大笑两声——"哈呀呀——咻啦！哈呀呀——

哗啦！"顷刻间，白影一闪，就隐了。就在他惊魂未定之时，突然，一丈之外的水泥桥，轰隆一声，就垮塌下去了。洪水一卷，便无影无踪了。

目睹眼前的一切，村主任眼里，流下了泪水。

尽管遭受了洪灾，一座桥被冲垮了，但秋天的时候，村里的庄稼收成还算不错。黍子，粒粒饱满。稻米，粒粒饱满。谷子，粒粒饱满。玉米，粒粒饱满。大豆，粒粒饱满。

粮仓里五谷丰登，米缸面缸并不羞涩。村里人没有一个饿肚子的。

是年，洪灾后百公里外的村庄相继发生鼠疫，这个村庄却安然无恙。

时间可以医治一切。三德子用电锯在老榆树身上留下的伤口渐渐愈合了。三德子的鼻子虽然没有正过来，但嘴巴基本复位，说话也清楚一些了。

不过，木器店再也没有开起来。真不错，他的女朋友没有嫌弃他。在一个晴朗的日子，女朋友带着他坐上一辆大客车，去城里打工了，很长一段时间都没有回来。据说，三德子在城里打工时，发了一笔歪财，一夜间暴富，成了一个大老板。具体是什么歪财，三德子口风很严，没透出半个字。反正，从此三德子的人生改变了。

若干年过去了。某日,一辆悍马越野车停在大榆树下。车门打开,一个脖子上挂着金链子的歪鼻子老板从车上下来了。他手里搓着两颗核桃,围着大榆树转了一圈,又转了一圈。而后,他搓着核桃,径直走进刘寡妇酒馆。对着镜子,正往脸上抹雪花膏的刘寡妇回头一见来客,大叫一声,啊呀,这不是三德子吗?什么三德子呀?三德子把核桃揣进兜里,腾出手来,拽了拽金链子,说,是德总,叫我德总,啊,德总!

刘寡妇:啥?德总?你不就是三德子吗?呀,几年不见,发达了。哈。

三德子:给村主任打个电话,叫他过来,我请他喝酒。当年,他带人救火,把我从灰堆里拉出来,我还没说一句感谢的话呢。对了,我记得你家的老腊肉好吃,来一盘子蒸腊肉。再宰一只鸡,小鸡炖蘑菇。别的菜,花生米、黄瓜条啥的,你看着上吧!

不多一会儿,村主任就来了。村主任一边往酒馆里走,一边说,什么情况啊?三德子,这么多年了,也不回村里看看。

主任啊,这不是回来了嘛!三德子掏出核桃,在手里咔哧咔哧搓着,说,坐坐。村主任就在三德子的对面坐下了。村主任瞥一眼桌面,桌面上已经摆好了几碟小菜——一盘油炸花生米、一盘猪头肉、一盘辣椒油拌黄瓜条。酒是五十六度的二锅头——正用炭火温着呢。三德子随手将手里搓着的那对核桃塞到村主任手里，说，给，送你了，这一对核桃抵一辆桑塔纳呢。咔咔！咔咔！村主任接过那对核桃，磕了磕。耶，挺结实的嘛！这东西，村后面满山满岭都是。三德子说，村主任啊！这叫文玩核桃，跟吃的核桃是两码事。

村主任说，几码事也是核桃，还是我那辆桑塔纳比这玩意实用。

三德子摆摆手，说，好好，不说核桃了。我这次回村就为一件事。

村主任：啥事？

三德子努努嘴，说，就是为了那棵老榆树。

村主任：还提那棵老榆树，它差点要了你的命。猫头鹰的窝就在老榆树上的树洞里。谁动那棵老榆树，它就跟谁拼命！

三德子：我要把它买下来。

村主任：还不死心？还打老榆树根的主意？

三德子：不不，不是。这些年我想明白了一些事。这些事都跟老榆树和老榆树上的猫头鹰有关。

村主任：买下来，移到城里吗？给多少钱都不卖！

三德子：不是把它移走，是就地保护起来。老榆树的所有权还是归村集体，我买管护权，所有管护费用我来出。

村主任：三德子，你脑子没毛病吧？

三德子：我清醒得很！我每年给村委会的账上打三十万。包括给老榆树围栏、透气、施肥、浇水等费用，够不？

村主任：够了够了！足够了！

三德子：对了，以后不能在老榆树下放露天电影了，声音太吵，恐对猫头鹰睡觉有影响。

村主任：嗯嗯。

说话间，满脸含笑的刘寡妇就把蒸腊肉和小鸡炖蘑菇端上来了。热气腾腾，满屋飘香。来来，吃吃。来来，喝喝。咣当，一仰脖儿，一杯子。咣当，一仰脖儿，一杯子。

唠着，吃着，喝着。吃着，喝着，唠着。村主任和三德子，就微醺了，就有点醉意了。天就黑下来了。对面老榆树上，传来几声猫头鹰的叫声，声音似乎也很悦耳，为乡村的夜晚注入了一丝有意味的音符。

咕咕喵——咕咕喵！

脑袋硕大，脸庞宽阔的猫头鹰，还是怪鸟吗？——还是怪鸟。我们对它仍是一知半解。它为什么那样诡秘、悬疑，甚至恐怖？也许，我们永远也搞不清楚，永远也不会找到答案。然而，我们有理由坚定地相信，猫头鹰不是恶鸟，不是魔鬼，不是害人的妖怪。

画家黄永玉画过猫头鹰。那只睁一只眼闭一只眼的猫头鹰，使他名声大噪，也差点毁了他的人生。他养过猫头鹰，别人对此颇有非议，他却善意地写了一张字条提醒来访者："猫头鹰不咬人。"事实上，黄永玉只说对了一半，猫头鹰也咬人，但它不主动咬人，从不攻击良善者。可对居心叵测的人，对行为不端的人，对搬弄是非的人，对满嘴谎言的人，对造谣惑众的人，对狂妄自大的人，它一眼就能识破，并毫不客气地蔑视之。

猫头鹰是怎样的鸟？猫头鹰到底代表着什么？

忽然有一天，来刘寡妇酒馆的人发现，对面矗立着的那棵老榆树，被围栏围起来了，有了专用浇水喷头，高处还安设了监控摄像头。据说，村上还制定了保护老榆树的乡规民约。不准折枝，不准攀爬，不准掏鸟蛋，不准施用除草剂，不准打农药，不准燃放鞭炮，云云。违者，罚置办酒席，请全村人吃酒三天。老榆树旁边还立起了一块石头。那是一块纹络清晰的青石，尖端长满绿茸茸的苔藓。青石的正面刻着六个大字——"猫头鹰益鸟也"。转过去看看，青石背面刻着黄永玉的一首打油诗。那首打油诗就像黄永玉本人一样诙谐有趣：

猫儿头，

鸟儿身，

嘴巴像铜铃。

白天睡大觉，

夜里忙不停，

捕捉贼老鼠，

勇猛又机灵。

"哇的一声，夜游的恶鸟飞过了。"鲁迅先生虽然没有点破那只恶鸟就是猫头鹰，但从夜游的习性来看，不是猫头鹰，又会是别的什么鸟呢？猫头鹰，背负着恶名已经太久了。我想，是时候该把那个"恶"字拿掉了吧。

——"哇的一声，夜游的鸟飞过了。"

第 18 章

网　事

网上有悬疑，网上有聚散，网上有生死。

蜘蛛网，是几何与物理的混合物。常见的有圆网、横网、长条网、漏斗网、三角网、华盖网、不规则网。猎物落在网上，立即被粘住。被粘住的猎物都会本能地挣扎几下，一挣扎就会使网发生颤动。此时，饥肠辘辘的蜘蛛收到信号，便嗖嗖蹿过来，开始用"钳子"收拾猎物，并享用美餐。

法布尔说，蜘蛛不是昆虫。蜘蛛就是蜘蛛。自然之妙，在于天不重与——能走者夺其翼，善飞者减其指，有角者无上齿，丰后者无前足，盖天道不使物有兼焉也——蜘蛛善造网，故无翅，不能翔。这是遗憾呢，还是本该如此呢？

蜘蛛是肉食性动物。食昆虫，也食自己的同类，哪怕是自己的亲生骨肉。蜘蛛生命中的头一件大事就是要远离家庭。否则，它就会被吞食。蜘蛛体态怪异，面目狰狞。部分蜘蛛的头和胸都有坚硬的铠甲，是其他昆虫的长矛无法刺破的。按眼睛数量来分，有八眼、六眼、四眼、二眼和零眼蜘蛛。蜘蛛眼睛周围有尖锐的毛刺，以防御敌方袭击；足有八只，长且抓劲儿狠，它的腿部末端尤其强壮，捕猎如探囊取物。嘴巴上装备了一把钳子，咔咔，被钳住的猎物，骨头必被钳断。比它体形和力量都大的敌方，它也不惧，它会瞬间喷出毒液和麻醉剂，令其窒息。

人，如果被蜘蛛毒液感染，皮肤会奇痒无比或肿胀疼痛，严重的会溃烂，更严重的会昏迷毙命。某县城一家珠宝店，夜里屡遭盗匪行窃。后来，老板想出一招儿——珠宝店打烊后就挂出一个牌子，上书"有毒蜘蛛巡逻"几个字，自此这家珠宝店再未发生过盗窃案。看来，盗匪对蜘蛛之毒，亦心有恐惧。

蜘蛛的生存与繁衍全靠那张网。那张网是爱巢、食堂、库房，也是陷阱、猎场、屠宰场。蜘蛛多将网造在暗处，那是一些不被注意，或者是容易被忽视的角落。于是，那些莽撞的赤脚昆虫，那些行事草率、过于自信的飞蛾，那些涉世不深、阅历浅薄，甚至有些吊儿郎当的蜻蜓和蝴蝶，就成了网上的猎物。

可以说，所有的猎物都是自投罗网的。蜘蛛从不用诱饵诱惑，不使美人计，也不用挖空心思使出什么别的计谋。那张网就设在那里。有时候，一天有二三十只猎物哐当哐当投到网上。有时候，十天半个月网上不见一物，空空荡荡。

那张网就那么安静地悬挂着，以时间静待一切。

蜘蛛网无所不在。森林里，草丛中，谷仓间，屋檐之下，残垣豁口，老屋角落，废弃矿场的犄角旮旯，总之，一切容易被人忽视的地方，都有可能有一张或者若干张蜘蛛网布设在那里。人在森林或者荒野中行走，经常被蜘蛛网罩住脸，弄得面上手上黏糊糊的，狼狈不堪。

与其说网是蜘蛛的生存智慧，毋宁说网是蜘蛛的艺术作品。蜘蛛造网的本领绝对是与生俱来的。造网的过程即艺术创作的过程——蜘蛛总是竭尽全力，尽善尽美。丝，全在它的肚子里。一张网造完到底需要多少丝呢？没人说得清。造网时，它先固定一端，再固定另一端，然后将线拉紧。经线如此，纬线亦如此。如果造的是圆网，那一定是带有辐线的。辐线并非杂乱无章，而是均匀排列。相邻的辐线相交时所构成的夹角都是相等的。一张圆网，一般有四十二条辐线。无论是经线纬线，还是辐线，均自带黏性，有东西触之，必粘之。

蜘蛛每天都要抽出新丝去造网或者补网。

为了使得网的某个部位更结实，抑或是更有美感，蜘蛛会别出心裁加上一个或者几个"保险带"。那些保险带有的像英文字母，有的像阿拉伯数字。然而，蜘蛛的这一习性却鲜为人知。

讲一个故事吧。

二十世纪七十年代，东北某边境，两个民兵在巡逻执勤时，发现了蜘蛛网上呈现的神秘的英文字母——HERE，顿时瞪大了眼睛。然而，两个民兵都不懂英文，不知这些字母组合到一起是什么意思。两个民兵商量了一下，便做出决定，一个在原地守候，一个火速回村里报告。不多会儿，回去报告的民兵带着民兵连长和一名懂英文的老师赶来了。那名懂英文的老师围着蜘蛛网绕了三圈，然后驻足观察，左看右看，横看竖看，末了，嘴里吐出两个字——在此！

民兵连长：什么？

懂英文的老师：在此。

民兵连长：什么在此？

懂英文的老师：蜘蛛网上的英文单词的意思是在此。

民兵连长：啊？在此？在此干什么呢？

几个人面面相觑，都有些紧张。那名懂英文的老师围着蜘蛛网又转了三圈，没有发现新的线索。民兵连长望着蜘蛛网上的那几个英文字母，沉思不语。接着，他又望了一眼界河那边，似乎意识到了什么。他也围着蜘蛛网绕了三圈，自言自语，在此，在此，在此干什么呢？突然，他拍了一下脑门——啊呀！妈拉个巴子的，还能在此干啥呀？分明是间谍特务在此接头啊！他手一挥，四个脑袋便聚在了一起，如此如此，这般这般。

于是，那张蜘蛛网旁边的树丛中，就埋伏下了数双警惕的眼睛。白日，还算平静。夜里，露珠挂在蜘蛛网上，像排列整齐的珍珠。虫嘶蛙鸣不绝于耳，猫头鹰的叫声比汽车的刹车声还要难听，闻之有撕心裂肺的感觉。然而，三天三夜，也未见间谍特务露面。

第四天清晨，当疲惫不堪的民兵连长，打着哈欠从朝露凝重的树丛中站起身来，正要撒泡热尿，却不经意间发现了网上的蜘蛛抖落了露珠，正在拉丝加固保险带，这才恍然大悟。哈哈哈！原来是被狗日的蜘蛛戏弄了。几个脑袋也都从树丛中钻了出来。哗——一泡热尿撒出去了，民兵连长抖了抖那东西，提上裤子扣实，便冲着那几个脑袋沮丧地喊了一句——撤！

蜘蛛的另一个天性——喜欢倒置，即头朝下，腹部和脚爪朝上才觉得舒服（蝙蝠睡觉时也是倒着的，把自己挂在树上）。如果把它置于某个容器中，它不会在容器的底部老老实实卧着。不消半个时辰，回头打开容器盖子时就会发现，容器里除了空气，竟然什么也没有。怎么回事？蜘蛛会脱身术吗？把盖子翻过来看看——蜘蛛在盖子的背面静静地倒置着呢。

早年间，老北京的天桥艺人变戏法，就有一项——"金蛛脱壳"。道具：一张桌子，一个黑瓷罐。黑瓷罐置于桌面上。喤喤喤！铜锣响起，穿长褂的艺人出场。嗨，瞧一瞧啦，看一看啦！穿长褂的艺人绕场一周。第一步，艺人拿起桌子上的黑瓷罐让人看，里面空空的。第二步，将一只蜘蛛放到黑瓷罐里，盖上盖子。第三步，将黑瓷罐拿在手里，摁住盖子晃几晃。然后，将黑瓷罐置于桌子上。嗨，瞧一瞧啦，看一看啦！艺人又绕场一周。第四步，打开盖子（盖子置于桌上），让人看黑瓷罐里面，又是空空的。用长褂的袖子在黑瓷罐里刷几刷，再让人看，里面还是空空的。其实，秘密就在那盖子底下呢，但盖子底下是不会暴露出来让人看的。

蜘蛛的腿瘦削如柴，唯有肚子永远鼓鼓的。蜘蛛具有惊人的进食能力，它有一种特殊的消化酶，可以把昆虫的肌体融化，然后吸食（就像人用吸管吸饮可口可乐那样）。蜘蛛饱食一次，可以半个月不进食，体能一点不减。它看起来大腹便便，实际上，那里不仅仅是食袋，更是<u>丝囊</u>。<u>丝囊里的丝</u>，似乎从来就没有穷尽过，需要多少就能抽出多少。

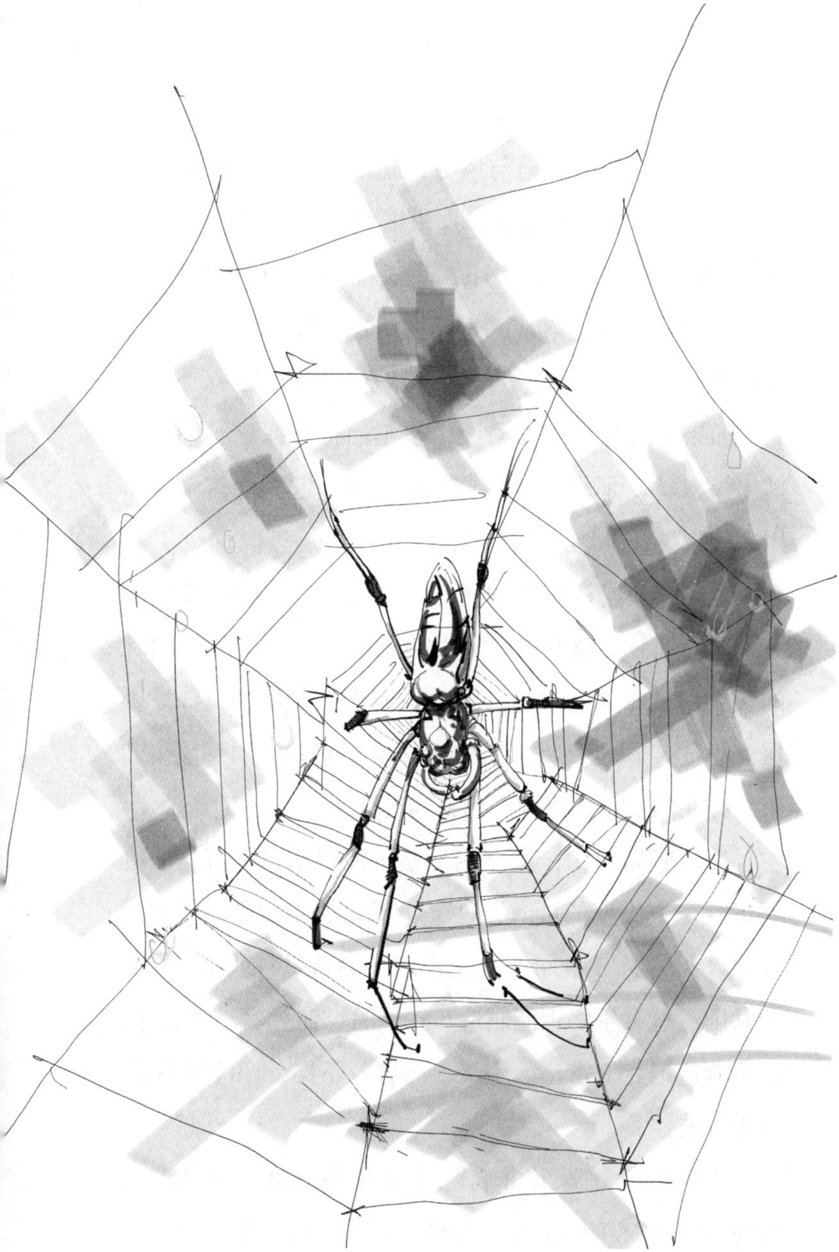

怎么从一棵树上到另一棵树上去呢？

蜘蛛首先观察风向与风力，然后择机向对面树上抛出一根丝。在风的作用下，那根细丝的一端，飘忽不定，缥缥缈缈。然后，突地一下，就缠绕到了对面的树枝上。这边，蜘蛛把线拉紧，并迅速固定在树枝上。接着，它沿着那根细细的丝，唰——就像溜索一样滑过去了。

如果它想纵身跳下悬崖，也不用担心摔死。它只要抛出一根丝，那根丝线就会飘飘然然，起到降落伞的作用，使它缓缓着地，安然无恙。

蛛丝具有防菌防霉的特性。远远看去，有的蜘蛛网上偶尔有坠物，随风摆动。那些东西，可不是可有可无的——那是蜘蛛吃剩的猎物。只有深谋远虑的蜘蛛才会居安思危，积累存货。蜘蛛用蛛丝把猎物一层一层裹起来，挂在网上，留待捕不到猎物时食用。

蛛丝坚韧无比，其坚韧度是等质量钢丝的五倍。在零下六十摄氏度的极寒条件下，蛛丝仍然保持着良好的弹性。据说，一种叫作"生物钢"的新材料就结合了蛛丝基因。这种生物钢能制造车轮外胎、防弹衣、降落伞，也可制造坦克、雷达、卫星。子弹打不穿，寒冷冻不透，腐败不能侵。

事实上，蜘蛛并非自然界的山贼草寇，也不是手段毒辣专干坏事的恶魔。蜘蛛是重要的标志性生物。有蜘蛛及蜘蛛网存在的空间，说明其生态尚未被严重污染——土壤、水域、草木、空气是安全的。蜘蛛对农药说不，蜘蛛对杀虫剂说不，蜘蛛对除草剂说不。在那张网上，或许，还能看到人与自然关系的另外一些有价值的信息。

蜘蛛是生态链条上的重要一环，它可以控制某些害虫数量，防止其数量暴增，预防疫情或者灾害发生，使得农田和森林生态系统处于稳定和平衡状态。在这个意义上说，蜘蛛具有控制器的作用。

蜘蛛的形象，若"喜"字。在民间，蜘蛛被视为吉祥物，人们称之为亲客、喜子、喜母。旧时，民居门首、窗框，或者房梁上出现蜘蛛活动的踪影，则有"望喜"之意——暗示着近期家里将有喜事发生。或者婚姻之喜，或者进学之喜，或者晋升之喜，或者出乎意料的天降之喜。或许，这只是民间的一种朴素愿望吧。因为根本无法验证，民间的那些喜事与蜘蛛之间到底有什么必然联系。然而，无论怎样，蜘蛛带给人的，毕竟是喜悦和欢愉。

蜘蛛网之外，也是一张网。那是一张闭上眼睛能看见，睁开眼睛看不见的网。人在网上，日月错位，乾坤颠倒。没有方向，没有尽头。在虚幻和喧嚣的表象下，在速度与空间的矛盾中，人人不可避免地感到了迷茫、不安、凶险、焦虑、孤独、陌生、谎言、欺骗和恐慌的无所不在。因网，固有的观念和逻辑枯萎凋零；因网，旧有的生活方式分崩离析。人，置于网上轻易就忘记了本心和传统，甚至对从前的自己也丧失了记忆。

网，到底是什么？该如何描述？

网——社会。

网——自然。

网——你们他们我们。

第 19 章

得耳布尔

> 我不晓得当初为什么管它叫兴安岭,由今天看来,它的确有兴国安邦的意义。
>
> ——老舍《林海》

得耳布尔,是大兴安岭林区的一个小镇。从共和国的版图上看,它在鸡冠顶上的部位,虽然与另一国的疆界并不接壤,但已经靠近边境,空气中已经隐隐约约有"大列巴"和"伏特加"的气味了。西边的界河——额尔古纳河的对岸就是俄罗斯了。

不过,得耳布尔的情况有些特殊。

在这里,先有林业局,后有小镇。也就是说,得耳布尔林业局的开发历史要早于得耳布尔建镇的历史。小镇是在林业局发展到一定程度后,才有的行政建制。当地人把得耳布尔林业局简称为"得局",把得耳布尔小镇简称为"得镇"。

就行政级别而言,林业局是处级,小镇是什么级别就不用我说了,"得局"比"得镇"高出一格呢。难怪林业局局长在镇长面前说话嗓门从不降低。

可是,林业局的级别再高,也不过是森工企业;小镇再小,也是政府。对此,得耳布尔人心知肚明。然而,当年作为林老大的辉煌与荣耀,在得耳布尔人的记忆中是无法抹去的。得局始建于一九五八年,施业面积约为两千五百五十平方公里。可以说,广袤的森林甩手无边呀!

早年间,林业局的人说话呀办事呀,就特别有底气!想想看,能没底气吗?当年的木材生产是当地财政收入的主要来源。人民大会堂、历史博物馆、军事博物馆、农业展览馆等著名建筑,哪个没有用大兴安岭林区的木材做梁做柱呢?那些向各地延伸的铁路,哪条没有用大兴安岭林区的木材做枕木呢?那些向地下深处开掘的矿山,哪一座没有用大兴安岭林区的木材做坑木呢?

那时的林区充满喧嚣,铁路线上汽笛声声,一列列装满大兴安岭木材的火车驶向全国各地。

对于大兴安岭林区来说,得耳布尔的生态地位非常重要。大兴安岭的朋友恩和特布沁告诉我，此处属于寒温带天然森林，间或灌丛，间或草甸湿地及河流复合类型的生态系统。生态功能体现在四个方面。其一，它是大兴安岭生态功能区生态安全维护的重要节点。其二，它是额尔古纳河流域水源涵养区。其三，它是呼伦贝尔草原的生态屏障。其四，它是大兴安岭重要的物种基因库和生物多样性保护的基地。

在林区，说到具体的树，是无法绕开落叶松的。

老舍说："兴安岭上千般宝，第一应夸落叶松。"一九六一年，老舍来大兴安岭林区采风，盛赞落叶松的品格和精神。

在得耳布尔，乃至整个大兴安岭林区，森林的主体是落叶松。落叶松的分布大体占森林面积的七成，有它分布的森林又被称为"明亮的针叶林"。通常，松树属于常青树种，而落叶松绝对是例外。落叶松喜光耐湿，夏季的林间清爽葱郁，入秋后一簇簇针叶迅速变黄，灿烂明媚。接着，变黄的针叶相约飘落，在地面累积成厚厚的地毯。

落叶松的球果，每颗可有三十块鳞片，每块鳞片裹着两粒种子。种子长着"翅膀"，御风而飞，能达百余米。风是落叶松种子的主要传播者。除此之外，还有松鼠、花鼠、黑琴鸡、花尾榛鸡、野猪等野生动物，它们在觅食时不经意地传播了落叶松的种子。

在得耳布尔,越是阴坡,落叶松越是长得茂盛。落叶松品性坚韧而谦虚,仗义而负重,不蛮霸,不张扬。它节制而内敛,在秋天集中落叶,是为了保存能量以适应严寒的冬季。

与落叶松伴生的往往是白桦树。白桦树是阔叶树,在落叶松林里散落分布,东一棵,西一棵,南一棵,北一棵,东西南北三五棵。俄国画家列维坦的画中,经常有白桦树出现。在列维坦的眼里,白桦树宛如"亭亭玉立的少女"。而在另一位俄国作家屠格涅夫笔下,白桦树是"童话里的树木"。白桦树,是那么宁静优雅,俏丽迷人,且充满灵性。它总是容易让人将之与女性联系起来。

在林区,我们通常看到的白桦树,都是以个体的面貌出现的,很少有集群或者成片生长的现象。让我想不到的是,得耳布尔的卡鲁奔山上居然有成片的白桦林。这里的白桦林被称作"中国最美白桦林",二〇一九年荣登第二届"中国最美森林"榜单。

近年来,林区人还开发出了桦树汁饮料——从成年白桦树树干中提取汁液,制成饮料。这是一种真正的原生态饮料,口感很特别,微甜微涩,涩不压甜,回甘绵润,且有一种奇异的芳香。

我手里拿着一瓶"冷极"桦树水,摇了摇,晃了晃,迎着阳光仔细观察，担心从树干中提取汁液，会不会影响白桦树的生长。林区朋友宋凯廷告诉我，提取汁液选择的都是成年白桦树，且每棵树一年只提取五公斤。从监测记录来看，只要控制在合理数值范围内，就不会影响白桦树的生长。我闻之，呃了一声，便打开那瓶"冷极"桦树水，一仰脖儿，喝了一口，一仰脖儿，又喝了一口，啧啧啧！奇美呀！

把目光投向得耳布尔小镇吧。

一座座崭新的楼房之间，体现林区风格的木刻楞尚有遗存，木板条木头桦子围栏间或可见。小镇有两条主干街道，横一条，竖一条。横竖之外还有若干条，但那些算不得街道，应该归类为小巷子。主干街道两边店铺林立，多是饭店酒馆，以及土产山货行和日常用品超市。若问当地有什么美食，连娃娃也能脱口而出——柳蒿芽炖排骨、黄花菜炒鸡蛋、老山芹包子、四叶菜馅饺子。

得耳布尔小镇人由蒙古、鄂伦春、鄂温克、锡伯、土家、朝鲜等多个民族组成。开发初期，伐木工人来自四面八方，有当地猎户，有俄罗斯后裔，有转业军人，有逃犯，有闯关东的汉子，有刚毕业的大学生，有被送来"接受改造"的知识分子。他们怀着不同的梦想，操着不同的口音，在得耳布尔落户安家。

耄耋老人徐殿荣曾经是一名志愿军战士，他所在的部队正在过江奔赴战场的时候，朝鲜那边的战争就结束了。于是，他未放一枪一炮，就跟着部队掉头撤回来了。一九五九年，他转业来到得耳布尔青年岭林场，成了一名林业工人。先是做运材司机助手，之后做了小工队的物资管理员。一串钥匙挂在腰间，一走路，哗哗哗直响。那时，一线的伐木工人工资高，劳保待遇也好。考虑到家里人口多，劳力少，日子拮据，他便主动要求去当伐木工人。不过半年，他就成了林区远近闻名的出色油锯手。

一九九一年十一月，徐殿荣光荣退休。

晚辈们问他："爷爷，你这辈子伐了多少木头啊？"

"伐了多少木头？咿呀，没数！"他看了一眼置于墙角的那把锈迹斑斑的油锯，自言自语地说："堆起来是一座山，放倒了是一片海！"

徐殿荣有两个愿望，一个愿望就是儿女们吃喝不愁，日子过得平安幸福；另一个愿望就是林子快快长起来，快快长大。林子大了鸟才多，林子大了林区才像个林区。

徐崇方是林二代，徐殿荣的四儿子。一九六九年一月六日出生于青年岭林场。一九八六年高中毕业于得耳布尔中学，没参加高考。因为，当时林场小工队有一个接班的名额，他就放弃了高考，当上了伐木工人。由于他头脑灵活，手脚勤快，被调到林业宾馆当经理。现在呢，担任着康达岭林场民宿的店长。

我问他："你父亲对你有什么影响？"

徐崇方沉思片刻，说："他教我们怎样做一个好人。"他接着说："他们那一辈人，对林子有感情，肯吃苦，对国家对林业事业有一颗赤胆忠心。"

我说："老人家退休后干点什么？"

"跟老友打打牌，下下象棋。"徐崇方说，"我有时间的时候，也陪他去林子里转转。一到林子里，他就兴奋，眼睛就亮了！"

我笑了。徐崇方也笑了。

冬天，得耳布尔奇冷。

夏天，得耳布尔奇凉。

从凉到冷的距离有多远，我不知道，但冰肯定知道，冻裂了的铁轨肯定知道，"吃水用麻袋，开门用脚踹"的得耳布尔人肯定知道。

得耳布尔的春天和秋天该怎样描述呢？——达子香刚刚闹红春天就过去了，达子香还没来得及结果秋天就无影无踪了。

冬天是蛮横的，它用寒冷咔嚓一声把秋天给切断了。一个现象说明点问题，每年九月，得耳布尔小镇的供暖就开始了。在这里，全年平均气温为零下5.5摄氏度，如此这般，这般如此，春天和秋天基本可以忽略不计了。

离得耳布尔不远的漠河有个北极村，离得耳布尔不远的根河有个冷极村。然而，北极不等于冷极；而"冷极"与"极冷"也是完全不同的两个词。后者是形容词，略有夸张的意思；前者是名词，是指一个确切的地点。

冷极村极寒温度是零下五十八摄氏度。

冷极村虽然不在得耳布尔林业局施业区内，但得耳布尔林业局党委书记李建军由这个"冷"字悟出了一些道理。一九八七年，李建军毕业于内蒙古林学院采运专业。他最敬佩的人是毛泽东主席。业余时间，他喜欢读国学书，偶尔也吟诗赋词。李建军认为，旅游不就是寻找差异嘛，冷能够创造万里雪飘，冷能够创造茫茫雪原，冷能够创造冰凌雾凇，冷能够创造童话世界。从这个角度来说，换一种思维，寒冷已经不是问题，而领略和享受寒冷，体味别样的人生——越冷越热情——正是得耳布尔最不稀缺的呢。

于是，当"冷"成为一种资源，当"冷"成为一种优势，林区的历史和文化也就活了。

早年间，得耳布尔的伐木工人冬天必须穿得足够厚，才能与严寒抗争。他们通常都是身穿羊皮袄，脚穿毡疙瘩或者棉乌拉，头戴狗皮帽子，浑身上下臃臃肿肿。一喘气，眉毛上、狗皮帽子上挂满白霜。

林区的冬天缺少蔬菜，常备的仅有土豆、圆白菜、酸菜，还有腌制的卜留克咸菜。户户屋底下都有菜窖，家家角落里都有酸菜缸和咸菜缸。酸菜缸和咸菜缸上面各压着一块石头。如果石头个头小的话，那就压两块。当酸菜缸和咸菜缸的表面开始微微泛出泡沫的时候，那酸菜或者卜留克咸菜就算渍好了，就可以捞出来吃了。

　　寒冷的冬季，吃上新鲜水果算是奢侈的事情了，而冻梨则是林区人的最爱。吃之前，把冻梨放入一碗凉水中慢慢解冻，不消半个时辰，梨里的"冰"就被凉水"拔"出来了，梨就可以吃了，咬一口，又甜又酸又水又脆，那个爽啊，一直爽到心尖尖上。

　　林区冬天的交通工具，主要是爬犁，文雅一点来称呼可以叫雪橇。从山上往山下倒套子全凭爬犁，往小工队运送物品也是用爬犁。爬犁有马拉的，也有牛拉的。

　　"嘚！驾——！"

　　"嘚！驾——！！"

　　"嘚！驾——！！！"

　　叮叮叮！咚咚咚！爬犁在雪野上驰行，尾部扬起一团团雪雾。马或者牛，哈出的气，生成了白白的冰溜子，垂挂在脖颈上。爬犁上的人，脸冻得红红的，可是长鞭一甩，一张口，吼一嗓子，却是热气腾腾。

　　"嘚！驾——！"

得耳布尔

得耳布尔，因得耳布尔河（得耳布干河）而得名。

有学者曾来得耳布尔考察，并在考察报告上写道：这里是大兴安岭西北坡上一条美丽的河谷，得耳布尔河是蒙古人的发源地，当年的蒙古人就是沿着额尔古纳河一路向东，穿过得耳布尔河河谷，打开了整个世界。

得耳布尔，是鄂温克语"宽阔的河谷"的意思。得耳布尔河发源于得耳布尔镇北上游岭附近，全长两百多公里，由东北向西南流经得耳布尔镇，以及二道河、康达岭、永青等林场，汩汩滔滔，最后注入额尔古纳河。

得耳布尔河的水源来自森林里的融雪和降雨，每年有两次汛期，一曰春汛——由于积雪融化时间过于集中，地下永冻层无法渗透，导致三四月间河水暴涨。二曰夏汛——夏季里，森林里腐殖质层含水量达到饱和，加之降雨继续增多，至八月初时，夏汛暴发，河水横冲直撞，甚至发出呜呜叫声。

得耳布尔河里鱼很多。当地朋友说，河里能叫出名字的鱼有哲罗鱼、细鳞鱼、鲫鱼、柳根鱼、老头鱼、鲇鱼、华子鱼、狗鱼等。我在林区行走期间，吃过红烧哲罗鱼、酱炖细鳞鱼，还有油炸柳根鱼。哲罗鱼与细鳞鱼肉质细腻、紧实，入口极香。柳根鱼个头不大，长不过一个指头，油炸后酥香脆爽，是下酒的美味。这几种鱼都是冷水鱼，别处鲜见，只有在大兴安岭林区，在得耳布尔这样的奇域奇地才能吃到。

须笼是林区人捕鱼的渔具。须笼是用柳条编制的，小口窄颈，腹阔而长，颈前装有柳条倒须。捕鱼时，用木壳子将河水横拦，中间留一小口，将须笼小口与之对接，鱼进入笼内，因有倒须而不得出。为了诱鱼进入须笼内，常常将一块骨头置于笼中。

不过，得耳布尔人更喜欢在冬天凿冰眼捕鱼。

有史料记述："冬则河水尽冻，厚四五尺。夜间凿一隙，以火照之，鱼辄聚，以铁叉叉之，必得大鱼。"——那大鱼，想必是哲罗鱼吧。

凿冰眼捕鱼，也有用丝网"挂"鱼的。有经验的捕鱼人往往选择水深流急的地方凿冰眼——每隔两三米凿一个冰眼，冰眼凿妥后，用长杆把丝网一个眼一个眼地穿过去布网。布网完毕，尽可回家睡觉。次日清晨，再把冰眼凿开起网，丝网上就会挂满鱼。捕获的鱼，以华子鱼、细鳞鱼、狗鱼居多。

这些鱼在冰下的水中往往很活跃。

越是活跃的东西，遭受厄运的可能性就越大。

应该说说卡鲁奔了。

在得耳布尔，有两个卡鲁奔，一个是卡鲁奔山，一个是卡鲁奔湿地。卡鲁奔,是鄂温克语,意思是有宝藏的地方。有宝藏吗,还是空有其名?当然有,所有的名字都不是随便起的,都是有出处有来头的。早年间,鄂温克猎人在这座山上狩猎,遇雨,就到一个山洞里避雨,并随手拾起洞中的石块,拢起一堆篝火,烤干衣服。离开时,却发现灰烬下的石块融化了,篝火熄灭后,那融化了的东西又凝结成大小不一的颗粒。猎人看着那些闪亮的颗粒惊愕不已。于是,就给这座山起了一个名字——卡鲁奔。

这个名字算是起对了,卡鲁奔确实是一个奇特的地方。

卡鲁奔东坡山腰上有一个山洞,洞口阔一米左右,洞深则不可测。为何说不可测呢?因为现有的测量工具无法精确测量它的底儿通到什么地方。有人说通到地球的心脏,有人说通到太平洋的马里亚纳海沟,有人说通到梭罗的瓦尔登湖。总之,说法很多。归结起来就三个字——不可测。

山洞名曰风凌洞。由洞名就可以看出,这个山洞并不温暖。洞口终年挂霜,寒气袭人。洞里更是如同冰窖,厚冰相叠,且有怪音回响。于是,这个神奇的洞穴就不免有了一些传奇的味道了。一曰,它是巨蛇张开的口,寒气是巨蛇呼吸时嘴里的哈气;一曰,它是地震撕开的地壳裂缝，寒气是地球排出的多余的气体——用林区人粗俗一点的话说，就是地球噗噗放出的屁。

早年间，鄂温克猎人猎得大的猎物，不方便弄下山去，就存放在风凌洞里，待得耳布尔河结冰后，再用马拉爬犁运回去。伐木工人伐木作业期间，所带的食物，也是存放在风凌洞里保鲜的。奇也，奇也。

这里还是雷电密集区域。每逢雨季，卡鲁奔的上空常常雷声轰鸣。隆隆隆——隆隆隆！雷是与地下的金属矿物质对应的，打雷就是雷与地下的矿物对话呢。

雷声密集的地方，一定藏着丰富的矿物呢。

什么矿物呢？地质勘探部门探得，这里既有铅、锌、铜等金属矿，也有黄金、白银等稀有矿藏。此处成矿带蜿蜒数里，矿脉深厚，面积广阔。

有宝藏的地方，就有看守宝藏的眼睛。

卡鲁奔山上耸立着一座瞭望塔，有十八米高。常年有护林员在上面值守瞭望。雨季，多次发生雷击木火情，幸亏被瞭望塔上的护林员及时发现，迅速扑救，才没有酿成大的火灾。过去，护林员在山上的生活相当艰苦，所需物资，都要靠马匹驮载，运上山去。特别是生活用水，要到山下的得耳布尔河里取水。

为了解决山上的护林员的吃水问题，某日，林场请来水文专家进行勘探，在卡鲁奔北坡上找到了一个点位。

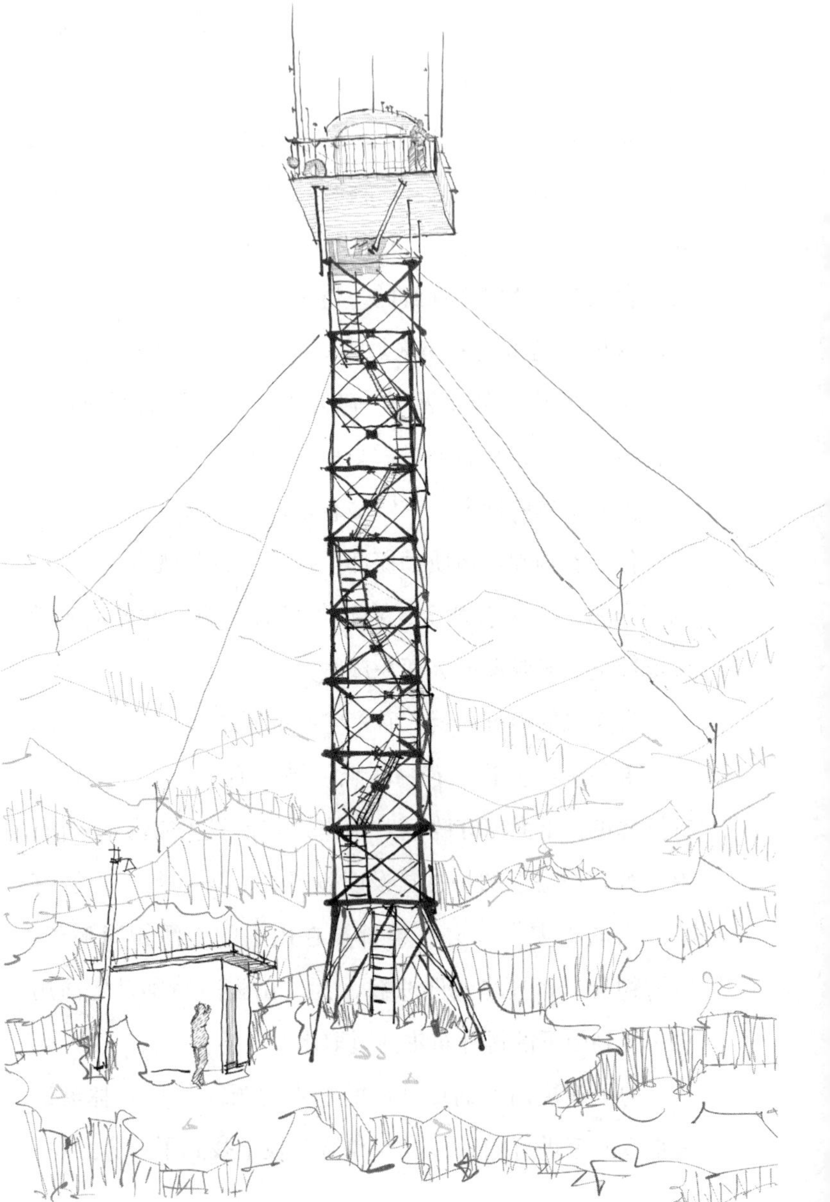

可是，钻探设备和打井机器轰隆隆凿了七天，生生凿了八百米深，也没有凿出一滴水。大家极为沮丧。就在打井队人员停止操作，拆卸设备，准备次日下山的时候，有人说，再往下打一米看看情况。结果，一米下去，奇迹出现了——一股水流喷涌而出。

我在卡鲁奔山上，找到了那口井，特意照了一张照片，留作纪念。刚要转身的时候，有人诡秘地眨眨眼睛，悄悄告诉我："这口井连通着得耳布尔河呢！"

"是吗？"我瞪大了惊愕的眼睛。

"喏，那就是卡鲁奔湿地。"

站在卡鲁奔山上，向南看到的得耳布尔河河谷，就是所称的卡鲁奔湿地了。

湿地，被称为地球的肾，它是一种独特的生态系统。湿地既有涵养水源和净化水质的功能，又有蓄洪防洪及提供灌溉用水的功能。湿地，还是鸟类和水生生物的重要栖息地。

然而，卡鲁奔湿地也有教训。二十世纪七十年代，卡鲁奔湿地施行轰轰烈烈的"湿地改造计划"，结果以失败告终。其实，所谓的"湿地改造"，不过就是"湿地造林"——在湿地上造落叶松林造白桦树林。可是，明知湿地含水量大，落叶松和白桦树会烂根而死，还是要造，因为湿地改造计划，造林种树是有资金的，为了拿到那笔资金，便轰轰烈烈地响应，轰轰烈烈地进行湿地改造。湿地呢，被搞得千疮百孔，种下的落叶松和白桦树活了几年后，就大片大片地死掉了。

湿地就是湿地。

湿地上长什么树长什么草，湿地自己最清楚。

时间改变着一切，那些湿地改造计划的痕迹消失殆尽，代之的是天然生长的粉枝柳、蒿柳、沼柳、兴安柳和茂盛的小叶樟等灌草。人，终究不能胜天。

让湿地回归湿地。让自然回归自然。

湿地不需要证明自己，湿地的自我修复能力是惊人的，治愈了自然也就修复了自然。

无为，无不为。

如今，卡鲁奔湿地生态旅游搞得风生水起，别具气象。

卡鲁奔湿地的一处牧场，被改造成了康达岭林场民宿。某年，一批生态文学作家来此采风后，创作了一批美文，从此，康达岭的民宿闻名遐迩。

康达岭的民宿分三个片区，一片是小院民宿，一片是集装箱民宿，一片是帐篷民宿，三片加起来总共七十一张床。价格是浮动的，但平均算下来，一间民宿一天的价格是三百八十元。

三个片区之间，是用木栈道连接的，中间交会的地方是接待大厅。一楼大厅是总台，登记入住和退房结算都在这里进行。二楼是一处自然书店兼阅览室。一张长长的独木板条架在中央，七八个木墩座位围于四周。靠西边的一侧是书架，有高的有矮的，错落有致，书架上满满当当全是书。

牧场原本饲养了两百多头花腰子奶牛，但由于离城里太远，鲜奶销售困难，于是，牛舍、接羔房、草料间等改头换面与旧有的一切告别了。风情浓郁的小院民宿悄然出场。小院民宿总共七个。

后来觉得数量不够，就从山东青岛弄来一批集装箱，在草甸子上架起来，蓝的，红的，橘黄的，异彩纷呈。外面看是集装箱，其实里面就跟酒店房间一样。沙发、衣柜、电视、电话、写字桌、洗浴设备一应俱全。

集装箱民宿总共十四个。

可是，仍然觉得数量不够，就在得耳布尔河边平坦的地方又架起了二十顶帐篷。无论是集装箱，还是帐篷，都悬浮于草甸子上方一米左右高的空中。这样既保护了下面的湿地，又合理利用了空间。集装箱与集装箱之间，帐篷与帐篷之间，集装箱与帐篷之间，均有木栈道相连相接。

绝对不会走错门的——集装箱和帐篷都有编号。

我在康达岭民宿住过一夜，被安排住在一顶帐篷里。那顶帐篷的编号是"帐篷八号"。

夜晚安静得很，打开帐篷的小窗可以望见空中的星星，一粒一粒，一粒一粒，清清楚楚，渐渐地星星就密集了，就成了星星的河了。我甚至怀疑，夜晚泛着亮光的得耳布尔河，是一些野性的不守规矩的星星，把天上的河掘开一个口子，偷偷制造点问题，然后乘机悄悄溜下来造就的吧。

忽然，天上的星星和天上的河一下就隐了，一下就不见了。星星呢？星星的河呢？起雾了，大雾遮蔽了星星，也遮蔽了星星的河。帐篷的小窗窗口有浓重的雾气往里涌，我明显感觉到一种寒意袭身。

我赶紧关上小窗，回到床上，倒头便睡。

次日清晨醒来，听到外面同行的朋友们正在议论早起观日出的情景。

我掀开帐篷的帘子探头问："看到日出了吗？"

朋友眨了眨眼睛笑着回答："虽然看日出的过程充满不确定性，但日出是一种必然。"

倏忽间，我想起了历史学家翦伯赞说过的那句话，他说，假如呼伦贝尔草原在中国历史上是个闹市，那么大兴安岭则是中国历史上的一个幽静的后院。说句心里话，最初，我并未理解这句话的真正含义，直到此时，我才对这句话有了深刻的理解。

  得耳布尔——森林涵养生态。
  得耳布尔——生态涵养传奇。

后 记

　　该说的话都在书里说过了，还说什么呢？责编打来电话说："总要说点什么吧。比如，为什么要写这本书？"

　　是呀，为什么要写这本书？

　　唉，这个问题就像人为什么要活着一样难以回答。然而，对于责编提出的问题，作者没有任何理由说不。何况，未曾谋面的责编老师的语气和态度是那么真诚、那么温暖。

　　那就说说吧——

　　这些文字开笔于若干年前。起初，边走边看边想，感而思之，感而悟之，漫无目的，断断续续；写着写着，便隐隐约约有了目标，想法也就清晰起来了。

　　此书总共写了十九章，每章以独立的面目出现，又有一条看不见的线将每章串起来，最后就成了这样一部作品。掀动书页，那感觉就像林区人家秋天晒蘑菇一样——把一朵一朵的蘑菇穿成长串，一串一串，一嘟噜一嘟噜，挂在屋檐下，风拂之，悠悠荡荡，荡荡悠悠，秋意和欢喜的气氛就弥漫开来了。

东北在哪儿？看看中国地图就清楚了——东面的北面，北面的东面，合而并之，乃谓东北也。具体来说，包括辽吉黑及内蒙古东部地区。东北是一个地理概念，大兴安岭山脉、小兴安岭山脉和长白山脉构筑了东北的骨架轮廓，而辽河、松花江、嫩江、黑龙江、乌苏里江、额尔古纳河、鸭绿江、图们江等江河水系，像血液和气脉一样，哺育并滋养着东北大地，使之生生不息。

回想起来，我职业生涯的大部分时间，皆行履于东北的山岭和森林中。我所书写的东北，远离城市，远离喧嚣，跟通常所说的东北可能不完全一样。我所书写的东北是被人遗忘或者忽略了的特定地域，它有另外一个名字——林区。是的，这本书呈现的就是东北林区的故事。书中的内容涉及林区的历史与文化，林区的荣耀与辉煌，林区的困惑与迷茫，林区的温情与悲歌，林区的变革与新生。当然，也涉及物产、风情、语言、民俗等等。

早先，林区人靠伐木、狩猎和采集为生，并且以此安身立命。那个年代，森林是林区的硬道理，木头决定林区人说话的底气。林区鲜有轰轰烈烈的事情发生，林区人的日子过得很慢、很简单、很随意。我喜欢林区人家的烟火气息，生活中的每一个小小的意外和惊喜，让林区人的每一个普通的日子都温温暖暖、有滋有味。这里有野性的建筑，有简单的食物，有豪迈的风情，有直率有趣的灵魂。

林区，似乎就是另一个东北了。

我不关注热点，也不追求热闹，却向那里的蛮荒冷寂的原生态之地，投去热切的目光。林区创造过繁盛与辉煌，我知道那份荣耀不属于林区与林区人自己。如今，光荣已经消歇，林区人没有了当年的万丈豪情。然而，我无法理解的是，它为什么积累了诸多问题。当然，暂时不会有答案。森林无语，森林之上的云朵无语，森林底部的苔藓无语。万物串通一气了吗？对我缄口不言。好吧，让答案在风中飘——问题的尽头一定是转机。老子说："反者道之动，弱者道之用。"从林区人的眼神里，我看到了某种期盼和希望。

忽然，就想起了毛姆的那句话——"极端的幸福与极端的绝望之间只隔着一片震颤之叶。"

告别了伐木时代后，该怎样重新认识自然？该怎样重建人与自然的关系？——这是我在写作过程中一直思考的问题，也是本书要表达的中心思想。

在林区，置身森林，我渐渐有了一种归属感，这种感觉能帮助我建立起与森林及自然的联系。通过观察森林的细微变化，我感知到脚下的东北大地涌动着的能量。

感谢广西师范大学出版社总编辑汤文辉先生,是他偶然看到这部书稿,并力主出版的。感谢文艺分社社长罗财勇和责编朱筱婷,其审美眼光和敬业精神,令我敬佩和感动!贺凤娟老师手绘的具有版画意味的插图,与本书的气质和风格很是匹配,一并致谢了!

当你看见森林,你已经在森林之外了;当你看见河流,你已经在河流之外了;当你看见山峦,你已经在山峦之外了。

然而,书则不同。

当你翻开这本书的时候,也许在书中你看见另一个东北的同时,还会看见自己。

李青松
二〇二四年九月九日　写于北京

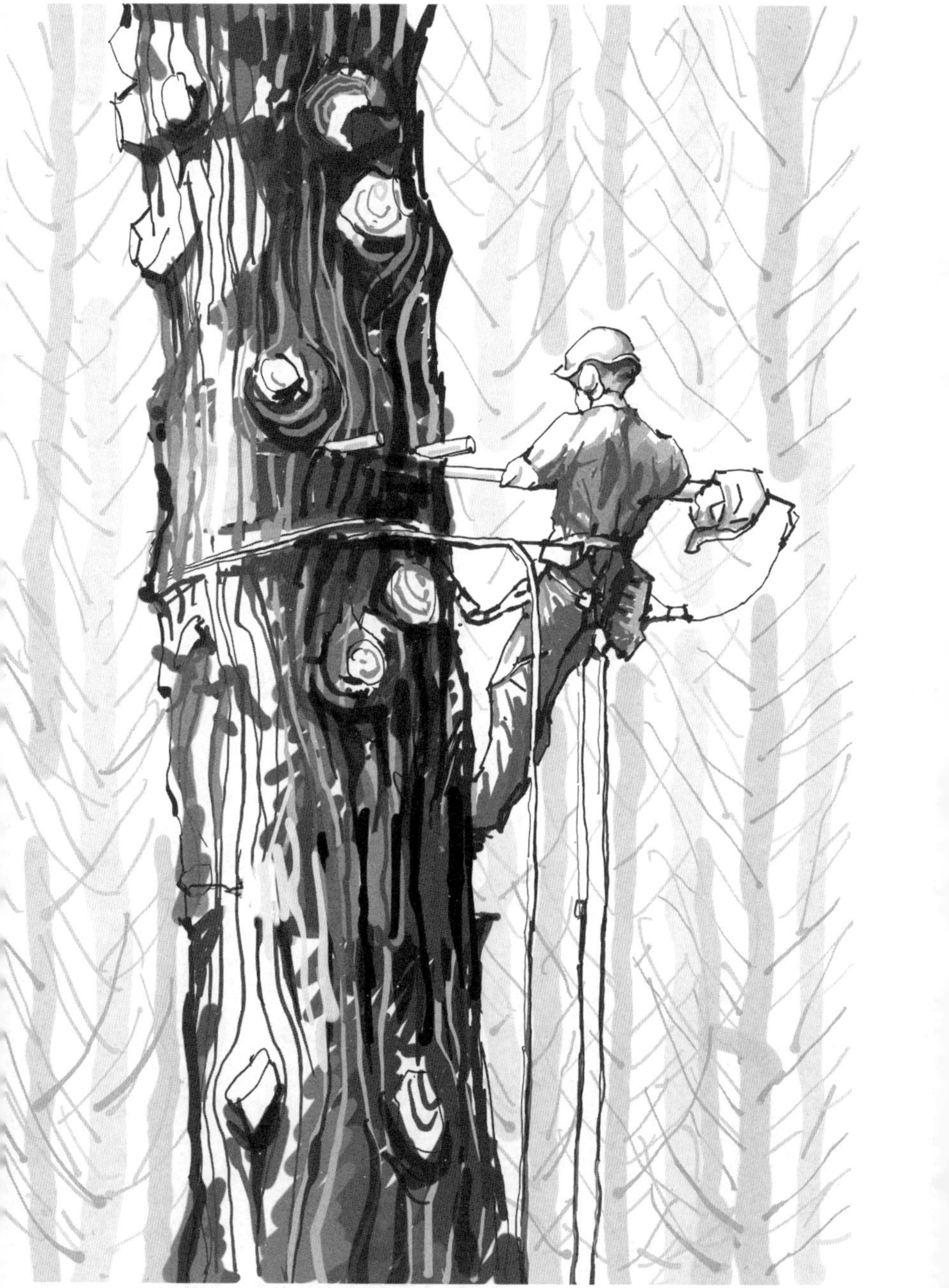